Den brinnande lågan

Karla Zackson

Den brinnande lågan

tredje delen av Atlasmuren

Impressum

Omslag: BoD – Books on Demand
Korrekturläsning: Karla Zackson

Förlag: BoD – Books on Demand, Stockholm, Sverige
Tryck: BoD – Books on Demand, Norderstedt, Tyskland

ISBN: 978-91-7969-300-8

Kapitel 1

Första snön hade fallit. Det hade börjat med en orange himmel som han hade sett när han vaknade och slagit upp ögonen. Sedan hade flingorna dansat ner och lagt sig på grenarna på det ensamma trädet på innergården och över alla taken. Ute var det alldeles stilla. Det var som att befinna sig i en dröm. Inte ett ljud av en bil. Inga människor som rörde sig utanför. Inga röster, inga hundskall. Alldeles tyst. Kanske var det för tidigt på morgonen. Kanske hade hösten släppt greppet om landskapet och låtit vintern träda in för tidigt. Ingen var beredd. Alla visste de att vintern skulle komma. Men inte när. Och nu när den var här hade den på kort tid överrumplat den mest luttrade.

Han knölade ner sportbilagan i tidningskassen i hallen. När han passerade spegeln spände han musklerna på överarmarna och tryckte fingrarna mot dem. Det gjorde ont. Han log lätt för sig själv och förbannade sin egen barnslighet. Hans svarta väska med axelrem och kardborrknäppning hängde på en krok i hallen. Jackan hängde bredvid på en gammal trägalge från PUB. Mackan som han bredde hade han preparerat med ett salladsblad under en tunn skiva leverpastej. Den gick ner tillsammans med klunkarna av teet med den rökiga smaken. När han kom ut tog han sig uppför backen. I den ena djupa fickan låg en tandpetare av plast. Av någon anledning förde han den försiktigt mellan tänderna medan han hängde framåt, lutad mot stenmuren och tittade ut över vyn som bredde ut sig framför honom. Vattnet cirklade i stilla krusningar långt där borta. Isen hade ännu inte lagt sig. Det skulle dröja åtminstone en månad till. Till mitten av december. Så tänkte han. Han rätade upp sig och förde fötterna genom den lätta pudersnön som la sig över tåspetsarna på skorna. Det knastrade lite grann av gruset som man sandat med sist då det varit halka. Han hade inga planer inför lördagen eller helgen. Han visste bara en sak. Han längtade efter ledigheten som väntade inom kort. Den ledighet som han skjutit upp från sommaren. Då hade han valt att knega på. Nu kändes det att det närmade sig. Han skulle åka ensam. Emilia skulle komma ner ett par veckor senare. Så var det bestämt. Så hade de sagt.

Han bar Frippe ner för trappen. Det luktade katt i pälsen som kittlade honom mot näsan. Han släppte ner honom innanför porten. När han öppnade, spatserade katten försiktigt ut och skakade på ena tassen som fått känna på snön. Han vände sig om och tittade upp mot Karl som att fråga vad som var meningen med det hela. Sedan nosade han sig hela vägen bort mot porten med glasrutan mittöver. När

Karl böjde huvudet bakåt kunde han se blänket i Emilias vardagsrumsfönster. Ljuset kom från nordöst. Balkongen låg ensligt tom. Inga av grannarna hade heller börjat pynta än. Det var alldeles för tidigt. Än skulle det dröja ett tag.

Kapitel 2

Håret på Bricks huvud stod på ända och hade antagit den flygiga karaktären. Det hade också tillåtits växa ut till en ansenlig längd på sistone. Färgen drog åt det rödblonda hållet. Han gjorde smackande ljud med munnen. Det gjorde han alltid när han var upptagen av tankar som inneslöt honom i hans egen bubbla. Antagligen var det ansvaret och rädslan av att hamna på efterkälken i något avseende. Att inte ha förmågan att hänga med i rätt tid. Eller också var det de mest banala, vardagligaste funderingar av den enklaste sort som tog hans uppmärksamhet i besittning. Ja, hela hans person. Karl försökte le mot honom men misslyckades med att upprätta ögonkontakt där de stod i kön till kafeterian. Bredvid kaffekoppen som stod ensam på brickan landade efter en viss tvekan en halvtorr kardemummabulle. Karl förstod honom. Han kunde själv inte redan på förhand tänka ut vad han skulle välja för tilltugg. Konstigt egentligen att man hade skapat denna brådska och denna valsituation. Det handlade om sekunder. Det var menat att kön hela tiden skulle röra sig framåt. Det fick inte stoppa upp någonstans. Det kanske också sa någonting om en person och dennes beslutsförmåga. Kunde kanske ingå som en del av en anställningsintervju. Karl skulle inte vilja vara den som befann sig på den andra dömande sidan i en sådan. Inte skulle han vilja utsättas för det heller. Snabbt snodde han åt sig en karlsbaderbulle utan att ångra sig, och en kolsyrad clubsoda på trettiotrecentilitersburk. När han betalat spanade han runt lokalen. Brick hade satt sig med ryggen åt hans håll och med ansiktet vänt mot fönstret ut mot innergården. Kanske behövde han tänka, funderade Karl, och satte sig ensam vid ett eget bord närmare utgången. Under hösten hade han fyllt femtiosex i vågens tecken. Han såg inga problem med det. Tuggan av bullen som han satt tänderna i var det heller inget fel på. Så diskret som möjligt hade han emellertid skakat av så mycket strösocker som det bara gick över det vita porslinsfatet innan han tog för sig av den. Nu återstod väl egentligen bara en vecka hemma. Skulle han sakna den mysiga, mörka tiden med de stämningsfulla lamporna, tempot och rytmen inför julhandlandet? Skulle han sakna någonting alls? Emilia? Långsamt kom han till insikt om den tillvaro som väntade honom. Han skulle ensam sjunka ner med fötterna i sanden och se på vågorna. Varje dag skulle textmeddelanden skickas i väg från hans telefon om han kunde ordna det så. Han kunde bara hoppas ha någonting nytt att säga då de skulle sändas i väg. Vad han verkligen kunde be en stilla bön om var att Emilia inte plötsligt skulle ångra sig. Att hon inte skulle bli kvar hemma. Han kände hur någon la handen på hans axel.

"Vad du ser tankfull ut i dag", sa en röst bakom honom. Han vände sig halvt om så att han kunde se Lindas ansikte.

"Hej, slå dig ner", sa han och sken upp. Hon stod kvar och spanade bort mot disken innan hon satte sig.

"Jaha?" sa hon och drog in stolen. "Hur har du det?"

"Det är bara bra", sa han och vågade sig på en ny tugga av den halvätna bullen. Han nickade en aning med munnen full av bulla och med uppspärrade ögon som att fråga hur hon hade det. Hon tog en slurk av kaffet och satte sig till rätta med korsade ben innan hon svarade.

"Det är bra här med", sa hon och fick upp plasten i ena hörnet runt kokosbollen. "Jag har bara inte tid med det här", fortsatte hon. "Jag har ett kämpigt fall."

"Ja, men det är effektivitetsskapande med kaffepauser. Det får i gång en. Det har du väl hört?" sa han och höjde koppen till munnen. Hon försökte sig på ett leende.

"Det är den här skjutningen där vi hittade en av förövarna tidigt." Karl nickade svagt och tog en ny klunk ur koppen.

"Inga vittnen?" undrade han.

"Nej, just det, eller, jo. Vi kommer inte fram till någonting. Inte i saken i sig. Litet smågrejer, du vet. Men inget stort."

"Jag vet hur det funkar. Det där känner man ju till", sa han efter ett andetag. "Hur har du det med Oskar?"

"Jo då, det är också bara bra. Emilia då?"

"Allt är under kontroll. Har jag sagt att jag är ledig snart?"

"Nej, inte till mig", sa hon. "Det var Joel som berättade det. Vad ska du göra?"

"Jag ska åka i väg långt, långt bort, och bara slappa bland vågorna", sa Karl som hade lutat sig bakåt och lagt en arm bakom nacken.

"Vi pratade om Thailand, Oskar och jag. Men det blir ingenting."

"Det är fruktansvärt långt bort. Det går inte att komma ifrån", sa han och såg deltagande ut.

"Det är klart att det är en kostnad. Vi får se", sa hon och drog med en nagel över kinden.

Karl hummade och släppte ner armen igen.

"Vad man behöver är att värma upp sig ordentligt", sa han.

"Ja, sommaren är lite för kort", höll hon med om.

"Det är männen som bestämmer", sa han oväntat. Hon vände blicken åt hans håll.

"Vart man ska resa?" sa hon och såg undrande ut.

"Nej, vad som ska komma fram. Du bearbetar vittnena, förstår jag", förtydligade han. Hon höll kokosbollen framför munnen när hon nickade till svar.

"Jag förstår vad du menar. Ja, det är knepigt", sa hon efter en stund. "Hoppas du får det trevligt sedan", la hon till.

"Mm. Jag ringer om jag får spader och vill hem."

"Ring innan det går så långt. Du får verkligen hälsa Emilia också. När kommer hon efter?"

"Det dröjer nog ett par veckor. Hon gillar inte att planera i förväg. Hon tar tag i saker i luften som de kommer." Linda lät en lätt fnissning höras. "Men ni är hemma till jul?"

"Jajamensan", sa han.

"Jander och Brick skulle luncha i gallerian", sa hon.

"Jaså? Hade du hört de säga det?" sa han överraskad.

"Ja, de viskade i korridoren i förmiddags när jag kopierade ett papper", sa hon.

"Vad var det för papper?" skojade han.

"Ja, hans namn börjar på A", sa hon.

"Ja, då är jag med. Släkt?" Linda nickade igen.

"Mm", sa hon.

"Jag ska ta och röra mig. Jag ser att chefen har lättat från stolen. Det är bäst att man gör likaledes."

"Ja, det är nog säkrast", svarade hon skämtsamt. Karl reste sig, sköt in stolen, gav henne en uppmuntrande blick och tog sin bricka med sig mot brickställningen nära köket. När han kom in på toaletten hamnade han framför handfatet där han såg sig i spegeln medan han sköljde munnen med vatten omsorgsfullt. Han lät lufttorkaren gå i gång när han satte ner händerna i den. Luftstrålen dånade när den släpptes på. Sedan drog han loss en bit papper från en hållare och drog i dörrknoppen med papperet i handen och släppte dörren efter sig när han kom ut. Pappersbiten släppte han i närmaste sopkorg i korridoren. Han kunde inte hjälpa att de gamla takterna fortfarande satt i. Till och med inne på rummet hade han en liten flaska handdesinfektion som han ibland använde.

Kapitel 3

Han slog igen bildörren och placerade clubsodan på sin plats. När han dragit åt bältet ångrade han sig, öppnade burken och tog sig några stora klunkar av vattnet innan han startade och drog i väg. Han hade fått ett nytt falla att kolla upp. Det skulle bli tvunget att bli en snabb utryckning till en skärgårdskommun. På en restaurang hade en av lunchgästerna vägrat betala för sig och dragit kniv och skadat en i personalen. Mannen hade blivit upphämtad av ambulans. Nu skulle Karl dit och höra sig för hur situationen uppstått och vilka som var inblandade. Asfalten låg svart och blank över vägbanan. Efter Gustafsberg återstod fortfarande halva sträckan. Han gjorde snabba ögonkast ut mot vattnet när han for över den långa betongbron. Under tiden gick tankarna över till Brick och Jander som under det senaste halvåret fått ett allt tätare samarbete. Medan Brick brydde sig allt mindre om sin yttre uppenbarelse upplevde Karl Jander som pråligare och snofsigare än någonsin. Karl inte bara hade klarat sig helskinnad och med tjänsten i behåll förra vintern. Han hade också övertagit nycklarna till Bricks hus på Korsika till den symboliska summan av åttahundrafemtio tusen kronor. Då skulle man hålla i minnet att den låg i den del av ön som var som fattigast på nöjesliv och förströelser av det mer glamorösa slaget. Men inte var det dyrt. När Brick var på väg att rent fysiskt överlämna nycklarna till Karl hade han retsamt dragit tillbaka handen och sagt att Karl nu fick en liten bonus på köpet dessutom. När Karl undrat vad det kunde röra sig om hade Brick stolt meddelat att han vid husesynen, tömningen och städningen av huset hittat ett märke på utsidan av väggen. Efter en närmare syning hade han kommit fram till att det härrörde från en kula som trängt in i träet och satt sig där. Någon måste ha skjutit dit den, resonerade

Brick som vid det här laget hade fått bättre kläm på både det ena och det andra. Dessutom beledsagat av en klurig blick. Alla antydningar om vad som försiggått under höstdagarna när Karl varit där för att hämta hem Robert Wresand hade till slut formats till en insikt hos Brick. En insikt av det mer komprometterande slaget för Karl. Fältstudier hade Brick kallat det. Det som han misstänkte hade utspelat sig mellan Robert och Karl på den lilla strandremsan. Var kulan från Karls tjänstevapen som Robert använt i duellen hamnat var däremot fortfarande ett mysterium. Den vänskap som för övrigt uppstått där och då bestod än till denna dag. Karl hade emellertid inte hälsat på honom på senare tid. Det slog honom när han tänkte efter att det måste ha gått ett halvår sedan de sist setts. Snart skulle han vara ute. Kanske skulle det bara dröja dagar tills han åter var på fri fot. Den tanken hade inte dykt upp förut. Nu gjorde den emellertid det. Karl drog i handbromsen när han parkerat och stannat, och sträckte sig efter vattnet i burken. När han klunkat i sig stoppade han på sig det han skulle ha med sig och drog igen dörren efter sig och gick mot restaurangen.

Kapitel 4

Veckans fyra första arbetsdagar hade sällat sig till de grå, obemärkt förflutna dagarna som oftast snabbt glömdes bort när de ställdes i jämförelse med de mer innehållsrika och omdanande dagarna. Sådana dagar som kunde förändra livet. De avgörande stunderna. Karl och Emilia hade på fredagen varit på bio för första gången sedan nedstängningen. Förtjusta hade de dragit med händerna över plyschtyget på sätena där de hade suttit. När reklamen hade dragit i gång tittade de på varandra och log fånigt. Karl hade hållit i popcornbägaren med handen vilande på armstödet närmast Emilia. Där grävde de båda efter de luftigaste popcornen, och lät de hårdaste kärnorna ligga kvar. När filmen var slut hade hälften av alla i salongen fallit in i en unison applåd som varade i några sekunder. När de kom ut från biografen skrattade de utan att missta sig om vad den andre skrattade åt. Det hade varit en speciell känsla. Sedan hade de promenerat hela vägen hem.

"Det var inte i går", sa Emilia när hon drog igen dörren i Karls lägenhet.

"Jag kan inte minnas när det var. Du, Linda hälsar till dig förresten", sa han.

"Tack, vad snällt", sa hon. "Vad skulle de göra, vet du det?"

"Nej, tyvärr. Jag har ingen aning om vad de gör på helgerna. Hon är duktig på mat. Det är allt jag vet." Karl lyfte kängorna till sin plats och drog ner dragkedjan i jackan.

"Ja, det är väl som hos oss. Lugnt hemmaliv", sa hon. Han nickade och hummade.

"Men bion var inte dum", sa han.

"Nej, vi får göra om det här", tyckte hon. "När är det du åker nu igen?"

"Eh…jag jobbar sista dagen på tisdag", sa han.

"Varför just tisdag?"

"Ja, det är någon schemateknisk grej. Inte mitt schema, alltså. Men de andras."

"Jaha", sa hon. "Det blir lite tomt."

"Ja, jag förstår det. Du får se till och komma loss efter en vecka. Ring Greta i så fall. Jag har redan pratat med henne om Frippe." Emilia nickade. Hon hängde upp jackan på en krok och gick mot vardagsrummet. Sedan öppnade hon balkongdörren och lyfte upp en kofta som hon drog på sig och som hade lagt över soffans ryggstöd.

"Jag förstår bara inte vad du ska pyssla med", sa hon.

"Men du vet, jag behöver någonting att meka med. Jag har känt behov av det länge. När du kommer ner kanske hela kåken är ommålad. Man vet aldrig." Hon skrattade till åt hans kommentar.

"Ja, kanske det", sa hon.

"Jag är alldeles full av popcorn", sa han skämtsamt och klappade sig om magen över den stickade tröjan.

"Jag med", sa hon och härmade honom.

"Ska vi ha te?" undrade han.

"Ja. Det tycker jag nog." Han drog sig mot köket och knäppte på plattan och tog ner kastrullen från diskstället.

"Säg till om det drar för kallt". sa hon högt från vardagsrummet.

"Självklart", ropade han tillbaka.

"Vadå? Gör det det?"

"Vad? Nej, i så fall säger jag till."

Utan att svara fyllde Emilia blomkannan med vatten i badrummet. Sedan drog hon sig runt och vattnade de växter som stod i vardagsrummet. "Behövs det vatten på de här?" frågade hon när hon kom in i köket. Karl snurrade runt och tittade på blommorna med en frågande min.

"Jag kan inte säga det. Du får gärna kolla om du vill", sa han. "Jag ska byta vatten till Frippe."

"Du kan alltid ringa från din telefon. Kan du inte det?"

"Jo. Det kan jag göra. Från det lilla samhället kan man också ringa", fortsatte han.

"Mm. Det låter bra. Eller textmeddela."

"Ja. Kan jag också. Förbered dig på en strid ström."

"Mm. Hoppas det. Var det torrt?" undrade hon. Han såg på henne.

"Jag har inte känt efter", sa han.

"Det var inte farligt. Du har skärpt dig på sistone", sa hon och sträckte tillbaka handen från blomkrukan.

"Vad bra då", sa han och stängde av plattan och lyfte på locket när han hörde att det började koka. "Ljust eller mörkt bröd?"

"Svår fråga", sa hon. "Ta det ljusa till mig."

"Två ljusa."

"En ljus."

"Jamen, en till dig och en till mig."

"Ja, du menar så", sa hon. "Jag tar ost och salladsblad."

"Då tar jag prickig korv."

"Prickig korv? Usch." Hon gjorde en min.

"Usch?" Han vände sig förvånad mot henne.

"Nja, inte usch kanske. Men det är så fett."

"Fett med fett, som de säger nu för tiden." Emilia fnissade med luften som gick ut genom näsan.

"Det har funnits fett länge. Uttrycket, alltså", sa hon och stängde kylen.

"Det har funnits ett fett bra tag", sa han och öppnade korvpaketet som hon lagt på diskbänken. "Ett fett bra tag."

"Du tycker inte om sådana ord vad?" undrade hon.

"Nej. Jargong." Karl försökte le och släppte ner tepåsarna i varsin mugg till dem. "Fett illa." Hon log lätt.

Kapitel 5

Han skakade i takt med krängningarna i bussen. Från sin fönsterplats tog han in det som uppenbarade sig på hans vänstra sida. Precis ovanför hans huvud satt det lilla halvglobsformade kameraögat. Det kändes som om det glodde på honom. Men han kände av det bara för en kort stund. Han glömde det på en gång när han fått annat i tankarna. Det var en blandning av det dåliga samvetet och den mer praktiska delen med packningen. Han skulle trots allt vara borta ganska länge. Å andra sidan kunde han åka hem när som helst om hon skulle ändra sig och inte följa efter. Det skulle säkert ordna sig. När han närmade sig Bergsgatan steg han av två hållplatser tidigare. Han skulle gå resten av biten. Det slamrade gemytligt från kafeterian när han steg in genom entrédörrarna. De flesta andra som också var där gick i samma riktning som han själv. Han såg Anette längre bort som han nickade mot. När som i dag andan föll på, tog han trapporna i stället för hissen. Han svängde upp den tunga dörren och lät den gå igen med en lätt duns bakom honom. Nästa branddörr var av en annan karaktär innan han dök in i lunken i korridoren på väg till rummet. Han såg Bricks långa gestalt i den bortre delen av korridoren. På hans rörelsemönster såg Karl att han pratade i telefon. Innan Karl precis skulle vika av innanför sin egen dörr tittade han åter bortåt. Brick fubblade med telefonen med fingrarna på glaset och syntes stå i andäktig koncentration. Karl hängde av sig jackan och hade tio minuter på sig att ta del av nattens händelser och inkomna meddelanden innan det var dags för morgonmötet i samlingsrummet. Han sållade bland det tiotal e-postmeddelanden som han skulle spara eller slänga på en gång. En del saker skrev han upp i sitt block som han hade liggande på bordet. För säkerhets skull satte han ut klockslag till vart och ett av dem i den ordning som han tyckte att de skulle tas om hand. Sådant rubbades emellertid så gott som alltid. Sedan drog han med utsuddaren över whiteboardtavlan och ordnade med magnetknapparna innan han stegade fram till automaten utanför matsalen för uppfriskning. Han kunde ta på sig äran av att ha varit den som insisterat på att man skulle ta in ett varm choklad-pulver utan socker i stället för med. Ingen hade opponerat sig. Inte ens Jander. Sedan han tryckt in den rätta knappen tog han sin rykande mugg som han klämde ihop på mitten så att han var orolig att spilla, och satte sig på sin vanliga plats med ryggen åt fönstret.

"Kalle! Dig kommer vi att sakna", sa Brick och klappade sig på sitt eget huvud med ena handen. "Ska du verkligen vara ledig?" fortsatte han skämtsamt.

"Tack, Jörgen. Du vet ju var jag ska", svarade Karl och nuddade plastmuggen med fingrarna.

"Mm. Jag råkar veta det", svarade Brick. "Vi, eller jag, har tagit in en Sofia Brongman i stället för dig. Hon kommer hit inom en halvtimme. Du får ta hand om henne. Sätta in henne i dina rutiner." Karl nickade och hade höjt ögonbrynen. När han tittade åt Joels håll såg han att denne inte kunde dölja ett litet leende.

"Säg åt honom att jag faktiskt har rutiner", skojade Karl vänd mot Linda och gjorde en nick åt Joels håll som satt en bit ifrån henne på andra sidan. Joel som hade hört vad Karl sagt flinade ännu större.

"Jag ska knäppa honom på näsan", svarade Linda skämtsamt och såg på Karl. Brick harklade sig demonstrativt.

"Natten har inte varit helt lugn", började han. "Offret från i lördags har tyvärr avlidit sent i går kväll, och det har skett en ny skjutning vid tvåtiden i natt. Sedan har jag läst rapporterandet från i fredags…och du, Joel, kan lämna över dina datasökningar till Jander. Det är för att vi inte ska komma efter i arbetet." Brick tittade upp ovanför glasögonkanten för att se om det var någon som ville ta upp tråden till det han nyss sagt. När han hade svept med blicken runt bordet fortsatte han sin genomgång och planeringen för dagen. Karl snurrade och klämde på chokladmuggen, vände sig halvt om och lät blicken föra honom ut genom fönstret där tankarna tog hans uppmärksamhet för en stund.

Det hördes en stadig knackning på den lilla fönsterrutan i dörren till Karls rum. Han drog ett andetag och tittade upp. Sedan vinkade han med handen och reste sig. Sofia som öppnat dörren steg in och kastade en bister blick runt rummet. Sedan steg hon fram och presenterade sig.

"Du visste att jag skulle komma, vad?" sa hon. Karl harklade sig.

"Ja, jag visste att du skulle vara här i dag och kolla vilka rutiner vi har. Du ska ju jobba för mig", kommenterade han och satte upp en trevlig min. Hon pressade ihop läpparna och såg på honom.

"Var är du på väg någonstans nu?" undrade hon.

"Jag har varit på Värmdö i ett par dagar. Nu ska jag ta hand om någonting som är färskt sedan några timmar tillbaka", sa han.

"Det här vid tvåtiden, som de berättade om på nyheterna?"

"Ja, det är den händelsen." Han nickade mot henne.

"Vem ska jag ha med mig framöver?"

"Det är litet olika. Oftast blir det Linda eller Joel", sa Karl och rev sig i den ansade stubben på hakan.

"Det var förnamnen det." Karl nickade.

"Eriksson och Bodér", fyllde han i. Hon tittade skeptiskt på honom.

"Jag hörde att det fanns någon här som skulle heta Emki. Skulle inte det vara bättre?" sa hon snabbt.

Karl tittade på henne för ett ögonblick.

"Han har inte varit här så länge. Han är inte insatt i…assistent", började Karl.

"Ja, men kan det inte vara dags att man tar in en person som kan utvecklas?"

"Det kan det vara. Det får du ta med Brick", sa Karl och snodde runt med blicken. För första gånger log hon en aning. Leendet var snabbt borta.

"Jag bara tänkte litet offensivt, att man anpassar personalgalleriet efter vad man sysslar med", sa hon.

"Jag förstår precis", sa Karl.

"Är du på väg till solen?" sa hon. Karl la armarna i kors över bröstet och nickade.

"Ja, en treveckorssemester."

"Är det varmt?"

"Inte så där enormt. Femton till nitton grader förhoppningsvis, dit jag ska."

"Det var inte mycket. Jag vill ha det mycket varmare om jag ska åka någonstans den här tiden", sa hon med bestämdhet.

"Ja, jag ska inte bada. Jag ska kanske måla om ett hus, reparera litet."

"Hm. Semester", replikerade hon och drog hastigt med fingrarna i nacken under det korta, rödfärgade håret. Karl visade upp ett halvt leende.

"Har du sett avdelningen?" frågade han.

"Den har vi klarat av."

"Då kan vi sticka i väg om du är redo", sa han och lyfte jackan av stolen. Hon följde tyst efter honom ut ur rummet och stängde dörren som gick igen med en smäll.

Kapitel 6

Solljuset hade brutit fram genom molnen efter lunch. Sofia hade suttit helt tyst och i två dagar antecknat allt han sa utan att avbryta. De gånger hon själv behövde ställa frågor hade hon satt upp en hand i luften när hon märkte att Karl var på väg att avbryta henne. En timme före hemgång på måndagen hade hon överräckt en lista på frågor i punktform på papper. Det var vikt två gånger. Han slätade ut papperet och fyllde så gott han kunde i luckorna som hon hade lämnat för svaren. Han lät listan ligga på skrivbordet och begav sig hemåt. Dagen efter hade nya frågor tagit form. Dels helt nya, dels frågor om oklarheter efter de svar som han gett dagen innan. När klockan var sexton och femtio bestämde han sig för att det kunde räcka. Nu hade han annat att tänka på. Han önskade henne brevledes ett lycka till med vikarietiden och hoppades att allt skulle gå bra.

Han tog en buss några hållplatser och hamnade efter några få minuter på T-centralen. Där dök han in i en matvaruaffär och blickade ner på biffarna. Han valde ut ett paket om två till extrapris med kort tid kvar till bäst-före-datum. Sedan valde han snabbkassan där han kunde skanna varorna själv och dra sitt kort. När han kom ut fick han för sig att han skulle gå hela vägen förbi Gamla stan i stället för att trängas med en massa människor på tunnelbanan. Luften var frisk och lagom kylig. Han kunde kosta på sig ett leende mot blickar från människor som han mötte. Det var särskilt barnen som han log mot när de tittade upp på honom. Mitt på Strömbron stannade han till och såg på svanarna. Han hade solnedgången på sin högra sida, någonstans bakom Riksdagshuset och slottet, när telefonen ringde. Han tryckte den mot sitt öra och svarade med sitt namn.

”Jag tänkte väl att jag kunde få tag i dig. Och just på det här numret”, sa rösten i andra änden.

”Vem är det?” sa Karl och höll för det öra som han hade närmast vägen med trafiken.

”Du har inte glömt bort Berra?”

”Berra? Är det Vånglund?” sa Karl, fortfarande med händerna för öronen.

”Då har du inte glömt bort Berra. Det var ju roligt”, hördes det.

”Nej, jag har inte glömt bort dig. Det var faktiskt inte särskilt länge sedan jag tänkte på en av er”, sa Karl sanningsenligt.

”Jag skulle nästan kunna gissa vem denne någon kan vara”, sa Berra.

"Jag går över en gata nu. Det tickar litet. Jag ska försöka ställa mig på ett tystare ställe", sa Karl och skyndade över gatan med trafiksignalerna.

"Jag hör allt du har i bakgrunden. Det låter jobbigt. Jag väntar", sa Berra.

"Nu står jag med ryggen mot slottet", sa Karl. "Det är litet livat. Hur har du det?"

"Det är bra, tack", sa Berra. "Du har ju en som är mer än glad. Det är nog den gladaste laxen av oss alla", fortsatte han.

"Är han ute? Hur är det med Robert?"

"Han är pigg och kry, och som sagt en riktigt glad lax", sa Berra.

"Ja, jag står ju vid Strömmen så jag förstår vad du menar", försökte Karl skoja till det. Han hörde hur Berra skrattade mot hans öra.

"Ursäkta att jag går rakt på sak. Jag hörde att du skulle åka på semester", fortsatte Berra.

"Jaha? Du hörde det av Emilia? Det måste det ju ha varit?"

"Du åker ensam", sa Berra. "Det ska du väl inte göra. Bli inte chockad nu." Karl hörde hur Berra tog sats innan han fortsatte. "Vad sägs om att få litet sällskap när du ändå ska koppla av? Du kan ju meddela dig via Emilia när du känner dig redo. Tänk på saken, Karl." Det blev tyst i luren när Karl slog ut blicken över vattnet med krusningarna i vågorna.

"Ja, det kan jag…det kostar ju en slant…kan du vara ifrån jobbet några dagar?" undrade han och hade blivit en aning torr i munnen.

"Jag kan vara ifrån i tre veckor om jag vill. Det går så bra att sköta saker på distans." Karl tog ett ljudligt andetag.

"Du och Robert, menar du?" sa han.

"Hela gänget, Karl. Alla som du klarar av att räkna upp. Om du vill, alltså?" Karl drog halsduken hårdare runt halsen och kände hur näsan började rinna.

"Jag måste hem till Emilia och snacka litet. Det är praktiska saker. Jag får väl höra av mig."

"Karl, ha en trevlig fredag!"

"Hälsa Robert när du pratar med honom!"

"Det ska jag göra. Hej med dig", sa Berra.

"Hej, Berra", sa Karl och tittade mot den släckta blanka ytan på telefonen.

Han tog sig ner till kajen via övergångsstället och vandrade planlöst med stenplattorna på plats under fötterna. Vattnet ringlade sig fram i en rörelse åt ett håll. Det lyste i en av färjorna. På andra sidan hade fasaden färgats orange av solnedgången. När den börjat sin bana ner gick det så fort undan att det var svårt att hinna uppfatta alla skiftningar och förändringar av ljuset innan det bytts ut mot något annat. Redan på den korta stund han stått, hade det förändrats så att det hade blivit mörkare. Han vände sig åt höger och såg det närmaste kyrktornet uppe på Södermalm. Sedan började han röra sig och gick allt snabbare hemåt med vinden i nacken. När han närmade sig sin egen gata sluttade det brant uppför. I porten la han ner kassen på stengolvet medan han pustade ut med ryggen mot väggen. Långsamt gled han ner och blev sittande innanför porten med blicken ut mot gatan. Han sträckte ut benen efter en stund. Tankarna ville inte se honom samlad. Han hade fortfarande intrycken av den torrförnuftiga Sofia kvar i medvetandet. Och så nu detta. Denna grupp Atlas som han aldrig lyckades sparka sig riktigt fri från.

Kapitel 7

Emilia skakade på huvudet och petade med gaffeln. Hon fick upp en potatisbit, doppade den i vitlökssås och tittade på gaffeln. Hon tuggade ur munnen kort senare.

"Då blir det som det blev på nyårsaftonen förra året. Kommer du ihåg? Jag fick fira med Johanna och din jobbarkompis Joel, och sova i deras gästrum."

"Ja, han är ju min jobbarkompis", sa Karl.

"Ja, men så kan du väl inte svara. Förstår du inte? Då kan ju inte jag komma dit", sa hon.

"Jo, det är klart du kan. Du är nummer ett, Emilia. Gubbarna är inte lika viktiga. Det finns inget fall eller utredning jag jobbar med den här gången."

"Det säger du?" Emilia suckade.

"Ja, men Elise ska ju dit. Henne känner ju du. Är inte hon trevlig?" Karl sträckte ut handen för att nudda Emilias arm. Hon drog armarna åt sig och satte ihop dem över bröstet och lutade sig bakåt.

"Jo då. Hon är trevlig. Men vilket gäng! Jag kan inte föreställa mig att ens för en kort stund träffa dem på fritiden."

"Nej, jag förstår det. Vi gör så här. Jag är alltså ensam ett par veckor. Så var det tänkt i alla fall. Jag bjuder ner dem till huset, och när det blir dags för dig att komma dit då får de åka hem. Jag vill inte heller umgås veckor i sträck. De stannar bara några dagar. Sedan står ingen av oss ut längre." Karl satte upp ett lätt leende mot henne.

"Jag skulle inte stå ut en timme."

"De kan säkert hjälpa oss med huset. Döm inte hela människan. Döm bara gärningarna. Det är så jag brukar tänka. Annars skulle inte jag heller vilja umgås", sa han och sträckte ut handen igen.

"Ja, men då får de åka hem."

"Ja, det kommer de garanterat att göra. Berra har ju ett jobb att sköta. Jonas måste väl också jobba?"

"Ja, han måste väl det", sa hon och tittade ut genom fönstret. "Berra, bombexperten. Du och ditt gäng."

"Ja, det är bara ett gäng gubbar. De har sin charm. Du har ju inte träffat Robert."

"Nej, tack och lov. Det räcker med den dryga Jonas. Han är riktigt dryg. Drygare människa får man leta efter", sa hon och nickade mot honom.

"Njae, jag tycker han är ganska…ja, han kan vara litet dryg. Men han är trevlig ändå. Det är en mycket bra kille." Karl böjde armarna och drog upp dem mot axlarna och tänjde litet.

"Trött? Är det spänt?"

"Ja, det är litet stelt. Jag är så glad att jag har semester. Jag log mot alla människor jag mötte på vägen hem", sa han och vickade sakta huvudet från sida till sida. Sedan gäspade han. "Så då vet du hur jag funderar. Du får svara senare. Jag åker i övermorgon", sa han när en stund gått. Emilia svarade inte. Hon ryckte litet på mungiporna och tittade bara kort på honom.

Kapitel 8

Utan romantiska inslag hade de under hela onsdagen gått runt lägenheten utan att se på varandra. När Karl vid ett tillfälle skulle koka kaffe hade han helt sonika hållit upp kannan till bryggaren en bit i luften och fått en slö nickning tillbaka. Det tog han som ett tecken på att Emilia också ville ha en kopp. Sedan hade de retirerat till vardagsrummet där hon hade dragit upp fötterna i soffan och han planlöst hade bläddrat bland nyheterna på text-TV-sidorna. Frippe hade hittat till sin vanliga plats inte långt ifrån Emilia i soffans ena ände. Karl hade packat, litet i taget, och stuvat om när han märkte hur tjock väskan blev och att han förmodligen missbedömde behovet av rena kläder. Emilia tittade på honom när han snurrade runt i lägenheten och då och då visslade mellan tänderna.

"Känner du för att åka?" frågade hon helt plötsligt.

"Nej. Jag gör inte det. Men nu är det bestämt", sa han.

"Tråkigt på ett sätt", sa hon.

"Mm. Jag känner för att vara där, men jag vill inte ha hela besväret med att åka dit."

"Hör av dig så ofta du kan", sa hon. Han log mot henne.

"Berra, bombexperten", sa han, smakade på uttrycket och släppte greppet om henne efter kramen. "Jag ska pressa honom litet grann om det där", fortsatte han skämtsamt.

"Nej gör inte det. Han kan bli tvärförbannad", sa hon allvarligt.

"Emilia, jag skojar. Jag vet nog vad jag ska säga." Dörren bakom honom gick igen med ett klick.

Det lät på ett alldeles särskilt sätt av plasthjulen som snurrade när han drog resväskan efter sig över golvet på väg att checka in. På tåget mot Arlanda hade han varit tom i huvudet när det gällde att ta in det som skedde runt omkring honom. Det som tog hans uppmärksamhet var allt det andra. Alla händelser under de senaste två åren. Det var som en film som rullade fram med allt han varit med om. Filmen i hans huvud avslutades någon gång innan tåget stannade, med hans vikarie Sofia, och med kramen till Emilia.

Han drog upp passhandlingarna och visade fram biljetten när det blev hans tur. Planet var drygt halvfullt, och väntan innan det skulle starta nervositetsskapande. Han försökte föreställa sig hur det skulle vara att se huset igen. Han hade trots allt köpt det på stående fot. Med bara ett minne i bakhuvudet om hur det såg ut, hur det luktade, och med sanden som fastnade under skosulorna och drogs runt på parkettgolvet. Att Brick hade ledsnat var inte konstigt. Han hade på något sätt även tagit det personligt att huset inte bara våldgästats av en kriminell person, utan att dennes son också hade varit inne i Bricks lägenhet vid något tillfälle och lånat med sig nyckeln under några dagar. En person som Brick i hans position inom polisen. Jonas hade dessutom haft nerver nog att lägga tillbaka nyckeln på samma ställe som han hittat den efter att ha konstaterat att hans far var vid liv och hoppet om en framtid fanns i behåll. Brick var ju inte vem som helst. Men han hade aldrig anmält stölden. Han hade även sett mellan fingrarna på Karls enorma snedsteg, vintern före. Ibland kunde alla medel inte helga ändamålen men den här gången hade de gjort det. Man hade ringat in motståndargruppen med

Agneta som en ganska drivande kraft. Regvik hade fått sona sin misshandel av Jonas. Och Sara var förmodligen skrämd på flykten och skulle väl aldrig hamna i dylika händelser någon mer gång. I och med att man inte lät allting passera utan åtgärd kunde man hoppas att hatet mellan grupperna skulle lägga sig. Karl påminde sig själv om att han måste fråga och få klarhet i saker kring Maria. Det var inte utan tvivel viktigare än mycket annat.

Han blundade i flygplanssitsen utan att ha en aning om var i luften han befann sig. Det kunde fortfarande vara södra Tyskland, Schweiz eller kanske östra Frankrike. Utan att öppna ögonen sträckte han ut armen och nuddade juiceglaset med fingertopparna. Han tog en smutt av den syrliga vätskan och fick en tunn remsa apelsinbit mellan tänderna som beledsagade hans drömmerier under en stund medan han förgäves försökte få tag i den med tungan. Yrvaket tittade han sig omkring när det började röra sig runtom honom. Han märkte på de andra passagerarna att man när som helst skulle gå in för landning. Det plockades och stökades runt. Toaletten hade varit frekvent besökt under ett tag. Nu hade dörren sedan en tid tillbaka varit stängd för jämnan. Någon talade till honom. Han lystrade och spände bältet. Sedan blundade han på nytt. Hänförd över att redan ha kommit så långt tittade han ut precis när däcken fint sattes ner i landningsbanan och strax följdes av framhjulet. Den sista lilla biten var bara en raksträcka och så en vid sväng. Det gungade i planet när farten avtog innan det stannade helt. Lamporna som upplyste om bältestvång slocknade och människor reste sig och började plocka med sina saker. Karl drog längs ögonvrårna med fingrarna. Sedan reste han sig och hamnade längst bak i den långsamma kön mot utgången.

Han fick vänta osedvanligt länge inne på biluthyrningsfirman. Man granskade hans papper och även hela honom själv. I luften hängde regnet som envisats med sin närvaro under hela den senaste veckan. De franska harangerna lät honom förbli oförstående. Själv tog han sig fram på en engelska med ett begränsat ordförråd och en svensk satsmelodi med töntklingande drag. Det kunde inte hjälpas. Han var alldeles för trött för att lägga någon vikt vid sin framtoning. Sedan satte han sig i bilen och bara blickade framåt, ut genom rutan en kort stund. Han gjorde en sväng och drog i gång. Bilsätet hade hakat upp sig i flyttanordningen så att knäna stötte emot ratten och instrumentbrädan. Resväskan med plasthjulen låg i sätet bredvid. Dragkedjorna var oantastligt åtdragna precis som de varit hemma. Han längtade redan efter Emilia. Han gasade försiktigt upp efter svängarna på vägen som inte gav någon vilopaus. Kurvorna dök hastigt upp, rätades ut och försvann. Och med ens blev han undan för undan mer vaken och förundrad över landskapet runt omkring. Regnet hade upphört och molnen förflyttades snabbt över hans huvud. Någonstans där uppe syntes några ensamma solstrålar tränga fram. Sedan kom avtagsvägen där han skulle svänga vänster. En liten skylt vittnade om saken i förväg och påminde honom om när det var dags. Efter svängen glesades vegetationen ut, och en bit av havet öppnades framför honom. Han kunde svagt höra vågornas sköljande ljud genom bilplåten. När han steg ur smällde han igen dörren och blev stående en stund och såg sig omkring med skorna på fötterna i sanden och med baksidan av huset i blickfånget.

Kapitel 9

Han hörde sina egna steg i den smala trappan som knarrade. Han lät handen löpa längsmed väggen med den linoleumplastiga beige ytan. Brick hade försett trappstegen med gummilister längst ute på kanten. Det luktade unket och rentvättat på samma gång. När han steg fram över parkettgolvet kunde han se men inte höra havet rakt fram. Han vände om till köket medan han lät resväskan bli stående mitt på golvet i väntan på uppackning. Lampan i kylen var släkt. Han kände med fingrarna över panelen och tryckte in en knapp som fick det att surrande gå i gång. Kökssoffan stod på sin vanliga plats och hade en utdragsdel som var inskjuten under. Åt andra hållet fanns vardagsrummet som var enkelt möblerat. I hörnet stod eldstaden som Karl knappt haft en tanke på att lägga märke till förrän nu. Tillbaka i den öppna delen med toalettdörren till höger, köket rakt fram och verandan till vänster stod skinngruppen med två soffor som var vända mot varandra. Han tittade ner i sätena. Minnena kröp fram. Där hade de suttit. I hörnet stod byrån kvar, där Robert dragit ut en låda och tagit fram den revolver som varit Luntmårds. Den som Karl skulle försvara sig med i den besinningslösa duellen som det kunde ha blivit om de inte båda kommit av sig under stjärnhimlen på den lilla strandremsan runt hörnet. På pricken två år och en månad tidigare. Tiden måste ha flugit i väg. Han gick närmare den stora glasrutan och synade termometern. Det verkade stämma, det som den visade av temperaturen. I sovrummet stod två sängar. De tog upp varenda del av alla väggar utom just den vid fönstret. När han tittade ut mindes han det ännu tydligare. Hur han hade stegat ut en bit i vattnet med uppkavlade byxor och svalkat sig en stund medan han hämtade andan efter en kort prövning. Precis under honom måste kulan från hans vapen ha satt sig nära gaveln och som upptäckts av Brick. Det verkade stämma när han tänkte på saken. Det fanns egentligen bara en liten miss på det stora hela när det gällde huset. Bakom trädörren på sidan om ingången på baksidan skulle ett sittbadkar i en ljusblå nyans finnas. Kallvattenkranen var det inget fel på men ville man ha varmvatten fick man koka och bära ner det dit. Det måste ske hinkvis och ta en bra stund. Han skulle titta in senare. Men han trodde Brick på hans beskrivning.

Karl drog upp dragkedjan i ytterfacket och drog upp allt som han pulat ner. Likadant gjorde han med resten av facken runtom hela väskan. Han la alltihop på soffbordet och i den ena av sofforna. Kavajen hängde han temporärt över kanten på en garderobsdörr som han öppnade. Sedan drog han fram smörgåspaketen och tepåsarna. I köket hade Brick lämnat kvar några snygga kastruller, några glas och tallrikar och en del bestick. Karl kände tacksamhet. Plattan tog en stund på sig att bli varm. Medan han väntade på att vattnet skulle koka drog han av haken till verandadörren och öppnade. Luften var frisk och vinden svag. Det brusade långt där ute. Han tittade upp på lanternan som vajade. Långsamt travade han runt på trägolvet och prövade hållfastheten. Det var robust men staketen runtom hade tappat färg. Han hade mints dem som mörkröda. Det var knappt att han trodde att det var sant allt detta. Det var på något sätt en dröm. Det måste det vara. Men han hade ingen lust att vakna ur den. Inte riktigt än.

Kapitel 10

Bredvid honom på soffbordet låg ett papper där han klottrat ner saker som han skulle inhandla. Bland annat en utfällbar sittstol med tygsits. En solstol som han kunde ha med sig och bära på och slå sig ner i där han ville. Just en sådan skulle han ha. Nu var det inte säsong men vid första bästa tillfälle skulle den vara användbar. Den svaga punkten var som förväntat badrummet. Han hade under en halvtimmes tid jagat spindlar och sopat golvet. Han visste en som inte skulle gilla det förra. Kanske kunde han tänka ut någonting annat. En annan lösning. Bygga ut toaletten. Eller bygga till någonting i vardagsrummet. Han hade druckit tre koppar te och ätit lika många smörgåsar. Handla skulle han göra under morgondagen. Han hade dessutom skickat i väg en ansenlig mängd textmeddelanden. Faktiskt även ett till Berra, som han fått ett positivt svar på. De skulle dyka upp när som helst, och bedyrade nu sin tacksamhet över hans gästfrihet. Med sig skulle de ta med sådant som det behövdes flera för att bära. Jonas hade fått uppdraget att köpa sovsäckar till de allihop. De skulle ta nattåget till Berlin, sedan flyga till Frankrike och ta båten till Korsika. I Bastia skulle de eventuellt handla innan de for en bit västerut mot kusten.

När Karl plockade bland frukten på den lilla marknaden tänkte han på Emilia. Han hade ännu inte skrivit någonting om hyresgästerna i rummet där badkaret stod. De hyresgäster som huserade i kåken året runt. Han la ner en grapefrukt i kassen efter att ha betalat. Med ryggsäcken full begav han sig till bilen. När han stökat runt i huset och öppnat och stängt alla skåpluckor och gjort sig hemmastadd tog han en promenad. Han låste dörren på baksidan och tog till höger mot den lilla stranden med viken. Han kikade mot gaveln på huset och såg ingångshålet i en höjd av en och sextio meter från marken och uppåt. Trots hans vetskap om det hela slog det honom på nytt med förvåning när han såg det med egna ögon. Han petade i hålet med fingret och kände en slät yta inuti. Sedan gick han vidare. Viken till höger var som innesluten av tätt växande träd på båda sidor som ramade in vattnet. När han fortsatte rakt fram blev vegetationen tätare. Träden var låga men krokiga och böjde sig. Han kunde identifiera dem som något slags barrträd. Sedan glesnade det efter dungen som han nu passerat. När han klev fram genom den hade han kommit fram till en ny udde och en ny strand. En bit bortåt låg ett hus som var byggt i sten. Själva stranden fanns i en sänka ett tiotal meter nedåt dit man nådde efter en lätt nedstigning i en sluttning längs en sandig stig. Karl skulle titta på det någon annan dag. Det hade börjat mörkna och havet var blåsvart längst bort i horisonten. När han kom tillbaka skulle han öppna en burk ravioli och koka litet extra pasta till den. Han vände om. På nytt passerade han genom dungen med det som han kallade pinjeträd i brist på annat. Rötterna hade rest sig ur marken ur sprickorna i hällen. Han fick kliva över dem. Han halkade till över barren som lagt sig på berget. Nere på stranden var det fuktigare i sanden. När han gick förbi den grunda viken böjde han sig ner och drog med fingrarna runt i vattnet. Det kändes kallt men uppfriskande.

När han närmade sig huset såg han det från sidan. Han såg fönstret till sovrummet som satt bredvid fönstret till vardagsrummet med eldstaden. Det omöblerade rummet som var ganska stort i förhållande till resten av rummen. Han såg bilen som han valt ut på biluthyrningsfirman. Den var mörkt blå. Han såg grästuvorna som blev större och mer utbredda i takt med att sanden från stranden övergick i fast jord. Han tittade återigen mot gaveln där kulan satt. Just när han skulle runda hörnet stannade han tillfälligt upp i rörelsen. Han såg någonting annat. En annan bil hade parkerats en bit längre bort under trädet som stod på sidan om den andra kortgaveln. Han stannade upp igen precis när han upptäckt den. Han tyckte att han kunde höra röster litet svagt. Men han kunde inte urskilja vad de sa eller hur det lät. Han kände i jackfickan efter nyckeln. Den låg där den skulle ligga. När han rundade hörnet såg han allihop. Det såg ut som om de mycket väl kunde ha samlats kring en badplats någonstans hemma. Ett gäng personer iförda jackor och med kassar och packning med grejer med sig som låg släppta på gräsmattan intill huset. Karl steg fram utan att de sett honom. De pratade med ganska låga röster. Det lät inte allvarligt. Det var mer åt det försiktigt uppsluppna hållet. När Karl inte var särskilt långt ifrån var det Jonas som först fick syn på honom och pekade utan att säga någonting. Robert reagerade direkt. Berra vände sig om och stirrade i Karls riktning.

"Nä, men ser man vem som kommer här travande. Konstapeln! Vi väntade just på dig. Vi undrade vart du hade tagit vägen." Karl log mot Berra och harklade sig litet demonstrativt.

"Jag tog en promenad", sa han och uttryckte med hela sitt kroppsspråk en försiktighet.

"Robert berättade just en historia som du säkert skulle känna igen", fortsatte Berra. Robert stod en bit bakom honom med en belåten min på läpparna.

"Kalle, vad roligt att se dig", sa han med hög röst. Karl steg närmare och nickade mot Jonas som nickade tillbaka.

"Jättetrevligt", svarade Karl, trängde sig fram och sträckte fram handen mot Robert som i stället gav honom en kram med dunkar i ryggen. "Hur är det?" frågade Karl och tittade in i Roberts ansikte sedan de släppt taget om varandra.

"Det har nog aldrig varit bättre", sa Robert och log brett och nöp Karl litet om armen.

"Jag hade inte väntat er just i kväll", började Karl. "Jag ska öppna dörren så att ni kan få komma in. "Gick resan bra?" undrade han.

"Resan var det inget fel på", sa Jonas från sin plats bakom Berra. Karl gick fram och sträckte fram handen och hälsade på honom. Sedan fick han upp dörren och vände sig om. "Ska jag ta någonting?" frågade han.

"Det här ordnar vi", svarade Robert som lyfte en av väskorna och kom efter. Karl var snabbt uppe på golvet i rummet ovanför trappan och tittade ner för att se hur det gick för de andra. Det lät som en hord elefanter som tog sig upp med packningen.

"Jag kan inte klaga" började Robert när han kånkade upp väskan och kom upp med fötterna på golvet. "Jag kan inte begära att få en bättre start på mitt nya liv än det här", sa han och tittade sig snabbt omkring i rummet.

"Det låter bra", sa Karl. "Jag har precis kommit till rätta här ute i myllan." Jonas småsprang hela trappan upp sedan han stängt dörren efter sig nere.

"Den vägen har du gått förr", skrockade Robert med ett skratt. Jonas tog ett andetag och tittade runt.

"Jag minns det här", sa han med stora nyfikna ögon.

"Jonas är nyförlovad", sa Robert. "Vi får hoppas att det går bra."

"Det var väl bra", sa Karl. "Grattis till det."

"Tack ska du ha, Karl", sa Jonas. Berra steg fram till verandan och tittade ut.

"Det slår det mesta", sa han andäktigt.

"Jag håller helt och fullt med dig", svarade Robert. "Oslagbart!"

Berra vände sig om mot Karl och himlade med ögonen.

"Roffe blir kvar hemma", sa han upplysningsvis.

"Jag förstår", sa Karl och nickade.

"Kan vi försöka äta på en gång?" sa Jonas.

"Det får vi fråga värden om", sa Robert. Karl gjorde en ansats att svara.

"Det är klart att vi äter", sa han.

"Jonas åt ingen sallad på båten. Det var ju det jag sa", sa Robert vänd mot Jonas.

"Ja, ja." Jonas satte sig på en stol i hörnet och drog av sig skorna. "Och wc?" undrade han.

"Den har du där", sa Karl och pekade bredvid honom.

"Jag berättade just för Berra var jag stod och väntade ut dig förrförra året", började Robert och drog ner dragkedjan i jackan. Han snodde runt och tittade efter var han kunde hänga upp den. "Nej, just det", sa han. "Det finns ju ingen hall", sa han.

"Nej, och kanske litet glesa möjligheter till bad och hygien", svarade Karl.

"Jag tyckte i alla fall att det var litet väl hårt. Eller vad säger du själv?" sa Berra vänd mot Karl. "Jag menar, att bli överrumplad i skogen så där." Karl tittade på honom. Robert gav upp ett skratt.

"Det var för bryskt", höll Robert med om. Karl trängde sig fram till köket och mumlade någonting om dricka.

"Det låter gott", sa Jonas och tittade på utsikten mot havet från sin plats längst in i rummet. Efter en stund hade Karl delat alla apelsiner, pressat dem och hällt på kolsyrat vatten och stänkt på litet svart vinbärsjuice i varje glas. Han satte dem på en bricka och bar in den till rumsbordet där han fördelade glasen under uppsikt av Jonas som stod på golvet. När han såg att Karl var på väg till köket tog han försiktigt tag i brickan.

"Den där kan jag hjälpa till med", sa han. "Vad var det mer?" frågade han igen.

"En påse chips i skåpet närmast fönstret", sa Karl. Jonas kom tillbaka med chipsen och en skål som han hade hittat i ett annat skåp. Sedan hällde han upp dem ända upp till kanten. Under tiden han gjorde det la Karl märke till ringen. Robert hade noterat Karls blick.

"Vi tog vägen via Frankrike", sa Robert kort och som på tal om ingenting. Karl hummade för att visa att han hört det som Robert sagt.

"Tack ska du ha", sa han vänd mot Jonas.

"Jag har aldrig varit med om maken", sa Berra, fortfarande med ansiktet vänt mot rutan med utsikten bakom.

"Ja, det blir en promenad på stranden i morgon, antar jag", sa Jonas och steg fram bredvid honom.

"Ni är verkligen välkomna", sa Karl och vände sig runt till alla i tur och ordning. "Ni får själva ta varsitt glas med dricka." Robert lutade sig ned mot bordet och drog åt sig ett glas som han smuttade på.

"Inte för sött. Det här var bra", sa han och plirade mot Karl som log tillbaka.

"Det är Bricks möbler. Soffan och allt lämnade han kvar", sa Karl.

"Den gode Briggen", sa Robert och slog sig ner. "Hur har du haft det de här dagarna?" frågade han och vände sig mot Karl.

"Jo, tack. Det har varit underbart. Jag var skeptiskt först, om jag ska vara helt ärlig. Jag hade ingen lust att åka i väg när jag var hemma." Robert nickade allvarligt mot honom och drog med handen genom det halvmörka håret med de grå stänken.

"Hur tog hon det, Emilia?"

"Inte så bra till en början. Men vi har ju varsitt liv också, förutom ett tillsammans", svarade Karl utan omsvep.

"Vi ska inte bli så långrandiga", sa Robert. "Det finns inte plats för det", sa han igen. Karl log.

"Nej, jag vet. Det är litet och trångt här. Du får berätta! Hur har du det med Anna och allt annat?" frågade Karl och satte glaset till munnen.

"Anna har kommit på rätt köl", sa Robert och sträckte sig med handen innanför jackan. Han drog fram den och satte ner en flaska på bordet. Karl synade etiketten och gjorde en min.

"Ta för dig", sa Robert och fick en nick tillbaka.

"Vad roligt att hon har det." Innan han hann fortsätta hade Robert tagit till orda igen.

"De är lättledda i den där åldern. Påverkbara. Vi har diskuterat hennes idéer på ett öppet sätt." Karl nickade och trodde att han hade förstått.

"Ja, jag menar, det är bättre att ha en glad far med konstiga åsikter än en kuvad far utan åsikter alls", förtydligade Robert. Karl nickade först och brast sedan ut i ett kort skratt.

"Mm", sa han.

"Jag menar...hon får vara vem hon vill, men hon kan inte ändra vem jag är. Det har jag gjort klart för henne. Och det förstod hon", fortsatte han.

"Ja, det låter väl vettigt", sa Karl. "Så hon får umgås med vem hon vill?" undrade Karl.

"Absolut får hon det!" Roberts svar hade kommit direkt och lät bestämt. Han tog tag i kapsylen på flaskan och drog runt korken tills den brast. Sedan ställde han den i närheten av Karl som tittade för andra gången på etiketten.

"Ja, det är någon färglös och förmodligen smaklös historia som jag hittade", sa han. Karl hällde efter stor övertalning ett par droppar i apelsinblandningen och nickade till tack mot honom. Robert hällde upp en skvätt i sitt eget glas och lutade sig sedan bakåt i soffan.

"Men jag förstår faktiskt Emilia och det dilemma som vi har satt dig i", sa han och tog en smutt från glaset. Karl drog in andan.

"Nej, det är nog ingen fara", sa han och började undra om hon gjort ett utspel på arbetsplatsen där Berra var chef. Han sneglade mot fönstret där han och Jonas stod och som var inbegripna i en diskussion om någonting.

"Hur länge har du varit ute? Och hur känns det?" frågade han och bytte samtalsämne.

"Jag kom ut i fredags. Det blir en dryg vecka ute. Tiden inne har gått förbaskat fort måste jag säga. Jag kan inte säga att jag har lidit så värst mycket. Det första jag gjorde var att hälsa på Maria. Det var däremot en lätt prövning, ska jag säga", sa han.

"Hur då?" frågade Karl så avväpnande han kunde.

"Hennes största sorg är Anna, så klart. Nu vet hon vad som hände där förra vintern. Det var lika bra att berätta allt som det var. Klottret som Anna satte dit på fönstret, Elias som lurade till sig henne och utnyttjade henne och Agneta som tog hand om henne efter det, och den falska Sara som var där. Och så den där Regvik! Honom skulle jag vilja klå upp ordentligt. Det kommer jag att göra en dag. Var så säker!" dundrade Robert på. Karl hade fått någonting förvånat i blicken. Det han just fått veta om Anna hade han aldrig i sin fantasi kunnat tänka ut.

"Vad tråkigt att det blev så", sa han. Robert nickade och drack från glaset. Berra och Jonas hade tystnat där de stått en längre stund i sitt hörn. Jonas slog sig ner bredvid Robert och Berra satte sig närmast verandan i ytterkanten av soffan.

"Bjuder du?" undrade han och nickade åt Robert.

"Självklart", svarade han och sköt över flaskan till Berras sida av bordet.

"Jag vill inte var jobbig, men Maria själv då?" sa Karl och grävde i chipsskålen.

"Ja, hon tar en dag i taget. Hon har någon liten grej hon ska gå igenom. Psykiskt har det ju slagit runt en aning. Det hjälper inte alltid att själv vara stabil och insatt på området."

"Hon är verkligen psykiatriker?"

"Javisst är hon det. Men det har ju inte varit lätt, vet du." Robert lutade sig fram i soffan och drack och sträckte sig efter chipsen. När han tagit ett av dem och tuggat ur fortsatte han. "Och så den där utbrändheten."

"Har du varit utbränd någon gång?" skyndade sig Karl att kasta fram.

"Nej. Aldrig. Men jag hade en period då det blev mycket på jobbet. Jag kunde inte samla tankarna. Började glömma saker. Jag var nog snuddande nära. Men då gäller det att ta sig själv på fullaste allvar", sa Robert och lassade in tre chips på en gång.

"Ja, men det låter ju sunt och väldigt förnuftigt. Att man ska ta hand om sig själv och ha litet självrespekt", sa Karl.

"Just det. Det är det som det handlar om." Robert nickade. "Och vem skickar de mig till? Om inte till Maria!" Han skrattade till och fick med sig Berra som log brett och blottade tänderna. "Ja, jag säger då det", sa Robert och skakade på huvudet.

"Konstigt egentligen", började Karl. "Jag minns exakt vad hon sa till mig där i kyrkan. På pricken. Hon sa "Jag kunde inte låta honom förstöra allt…men jag såg inte Logeström riktigt ordentligt…det var så mörkt här inne…Berra skyndade sig att köpa tillbaka firman innan Logeström la vantarna på den också". "Precis så sa hon", sa Karl. Robert skrattade så att hela magen rörde sig.

"Typiskt Maria. Det låter så typiskt henne. Det skulle inte förvåna mig om hon tog fel på person där i mörkret." Robert tystnade tvärt och fick en blick av Berra. Karl tittade åt Berras håll och fick en idé.

"Men det var ju du, Berra som gav mig lappen där det stod: Logeström dog av rivalens hand. Det där förstod jag sedan. Det var ju Maria du syftade på. Men ni var ju båda rivaler på samma villkor. Ordet rival kan peka i vilken riktning som helst. Du och hon var ju rivaler om makten i gänget så att säga, men du gav mig två ledtrådar. Den andra var ju motståndargänget, men…". Karl hade tystnat efter sin något virriga utläggning. Robert tittade först allvarligt på honom men fick kort därpå ett snett leende som spred sig kring munnen. Sedan såg han mot Berra.

"Det är lika bra du säger som det är, Gosse!", sa han vänd mot Berra. Berra tog en näve chips och fyllde munnen med dem innan han svarade.

"Jag var där i kyrkan när Logeström dog. I den vevan kring händelsen. Hon ville skydda Robert från att fara illa av motståndargruppen. Det är vad jag tror. Logeström hade ju vid det laget tagit hela klivet över till dem. Maria och jag har litet olika åsikter om hur saker ska skötas. Det är ganska odramatiskt egentligen", sa Berra och avslutade hela sin långa framläggning med en kort ryckning i mungiporna. Jonas satt tyst och sträckte sig efter flaskan som stod på bordet. Han tog några droppar i sin apelsinjuice, grävde med handen i chipsen och tittade länge på Berra.

"Nej, jag tror jag börjar förstå, Berra", sa Jonas lugnt och med en stadig blick på Berra. "Mamma sitter i fängelse helt i onöd…".

Robert hade blixtsnabbt kastat sig upp från sin plats och störtat över mot Jonas. Först hade han satt den ena foten på bordet och klivit upp i en hast. Sedan hade den andra foten följt efter. När hela hans kroppstyngd kom farande mot Jonas sida i soffan fick den soffan upp på kant. Innan någon mer än Jonas hann reagera hade hela soffan tippat omkull.

Jonas for baklänges med ryggdelen mot golvet men lyckades parera så att han inte slog huvudet i golvet. Robert rasade över honom och landade med näsan mot ryggstödet av soffan. När han reste sig rann det blod från näsan. Jonas hade även av misstag fått hans armbåge i bröstet och gav upp ett kort stön. Berra som suttit på ytterkanten av sitsen åkte kana från den ena sidan till ryggdelen när den tog i golvet. Karls fötter slog i bordskanten när han rasade bakåt. Jonas var först upp på benen av dem alla. Han kved när han reste sig och kände med handen över revbenen. Robert var nästa person att långsammare än Jonas resa sig från golvet. När han kom på fötter la han handen på Jonas axel och såg honom i ögonen. Berra torrhostade och rullade runt och kom på så vis upp på alla fyra och kunde ta stöd mot den omkullvälta soffan när han gick upp på knäna och reste sig. Karl försökte med Roberts hjälp tippa hela soffan på rätt köl. Den tog i golvet med en smäll när soffbenen damp ner.

”Det är Maria”, stönade Robert. ”Hon har en inverkan på oss. Vi får inte låta oss förledas på något sätt.” Berra tittade på honom. Sedan sträckte Berra försiktigt ut handen till Jonas och klappade honom på ryggen. Jonas gav Berra en lugn men allvarlig blick.

Kapitel 11

Karl vaknade tidigt. Morgonens första solstrålar färgade den tunna gardinens linjer ljusare. Han kunde känna tegelstenarna i eldstaden när han sträckte ut handen liggande i sin sovsäck som Jonas erbjudit honom kvällen innan. Han kröp upp och blev stående på knä framför fönstret med den lilla sandstranden utanför. Det mörka som han såg längst bort i havslinjen var pinjeträden som stod tätt och skymde sikten åt just det hållet ut till havet. Han reste sig och synade bordet. Det låg nedtrampad chips på golvet. Han försökte dra av sig resterna som fastnat under strumpornas fotsulor med hjälp av rörelser över mattan. Det lyckades till viss del. Verandadörren var stängd. Dörren till köket likaså. Karl borstade tänderna inne på toaletten över det lilla handfatet och kom plötsligt att tänka på att han glömt att textmeddela Emilia kvällen innan. Han skulle göra det efter frukost när han vaknat till. Han klädde sig i en hast och knackade försiktigt på dörren till köket. När ingenting hördes öppnade han dörren och kikade in. Både bäddsoffa och utdragdel var tomma. Jonas och Robert skulle ha huserat där under natten medan Berra hade tagit sovrummet i besittning. Karl kokade tevatten och bredde smörgåsar som han ställde in i kylen. De två som han skulle ha på en gång la han på ett fat med guldrand runtom. Sedan satte han sig i soffan där han sjönk ner en bit och smuttade på teet. Saltgurkan var av en inhemsk sort och smakade bra. Osten likaså. När han diskat upp muggen steg han ner för trappan ut på baksidan. Bilen som gänget kommit åkande i var borta. Kvar stod hans egen mörkblå. Han undrade i sitt stilla sinne hur länge det hela skulle hålla med tanke på händelserna under gårdagen. Det var en aning komplicerat med alla konstellationer och hemligheter. När hemligheter avslöjades tog det hus i sjutton. Det hade det gjort i går. Jonas hade mer eller mindre anklagat Berra för att ha stuckit ner Logeström.

Karl satte sig i bilen och for ner till samhället och möbelaffären. Efter ett letande runt i lokalen hittade han en skumgummimadrass som han fick till ett bra pris. Han langade in den i baksätet och körde tillbaka. Solen värmde honom genom rutan. När han svängde in på den smala vägen hade Roberts bil återkommit till sin plats under trädet. Bakdörren på huset stod öppen. Han böjde sig in runt dörrkarmen och ropade in. Berra svarade honom uppifrån rummet. När han hämtat madrassen slog han igen bildörren och tog trappan upp. Han slängde ut madrassen på golvet och la sovsäcken ovanpå. Sedan skuffade han hela schabraket intill väggen en bit ifrån eldstaden. Han skulle se hur den fungerade. Brick hade inte klarat av att klura ut det. Eller också hade han inte haft tålamod. Karl stod på tårna och vred på en ratt högt uppe under taket. Det borde göra susen. Då skulle röken gå åt rätt håll. Sedan kände han med handen in under skorstenen. Det var tomt och fritt. Vedträn fanns det gott om. De låg i en separat hylla i samma rum. Han skulle vänta till kvällen innan han skulle tända den.

Han öppnade dörren till verandan. Ute till havs såg han en större segelbåt på avstånd. Vågorna rörde sig runtom den. Han satte sig i soffan och lutade sig bakåt. Det var svårt att formulera något som var kärnfullt och informativt på samma gång. Han skickade i väg två meddelanden. God mat och gott sällskap. Solen skiner. Så löd det ena. Varit ute och köpt en madrass. Ses snart. Så löd det andra. Att hon var den han älskade kunde han säga vid ett annat tillfälle. Han gick tillbaka till verandan. Det glittrade av solstrålarna i vattnet. På långt håll kunde han se två gestalter som avtecknade sig nära vattenbrynet. Han anade vilka. Berra hade stängt dörren till sovrummet igen. Antagligen jobbade han vid datorn eller var upptagen med någon bok. Han tänkte på det som hade avslöjats under gårdagen. Kanske skulle det komma mer sådant kommande kväll. Det knarrade efter en lång stund till i dörren till sovrummet. Berra steg ut och såg sig omkring. Han upptäckte Karl efter en sekund.

"Gosse", sa han. "Där har man dig. Hur går det för dig med allt?"

"Jo då. Jag var i stan en sväng. Det är en härlig dag."

"Det håller jag sannerligen med om. Jag har precis pratat med Fabian, Roffes son, över Skype. Det rullar på som aldrig förr. Han har haft två leveranser bara i dag. Vi har fått anställa en installatör. Jag kan inte längre göra allt själv", fortsatte han.

"Jag förstår. Är det roligt att sköta firman?" frågade Karl med uppriktig nyfikenhet.

"Det är väldigt roligt och intressant. Varje dag har man någonting nytt att ta tag i."

"Jag vet inte så mycket om dig, Berra", började Karl. "Men vi har ju haft litet kontakt med varandra en tid."

"Det har vi. Vänta nu. Du frågar vem jag är. Ingenjör och teletekniker. Uppvuxen på Södermalm. Jag är ett år äldre än Robert och stötte på honom, hör och häpna, i en glasskö i Kungsträdgården en vacker sommardag 1997. Han fick sin glass, tappade densamma, och vi började prata med varandra. Han föll pladask kan man säga. Vi bytte nummer. Sedan dess har vi varit oskiljaktiga." Berra tystnade.

"Intressant, verkligen intressant", sa Karl.

"Hm. Jag hade bättre humor på den tiden. Jag förstår att det är någonting mer du undrar över. Vi tar det en annan gång. När inte solen skiner." Karl såg på honom.

"Och de som kom med senare har anslutit sig alltså, på ett eller annat sätt till gruppen?"

"Just det. Det är så man får se det." Karl nickade åt Berras svar.

"Ja, jag ska väl inte behöva fråga någon av er något mer om det som hände hösten för två år sedan. Det kan vara ett förlegat tema. Ingen här är skyldig mig sanningen", sa Karl.

"Det var sympatiskt sagt", började Berra. "Jag är inte säker på att du har rätt. Efter det här är vi mer skyldiga dig sanningen än någonsin", sa han och tystnade när stegen i trappan hördes. Jonas kom upp först. Han huttrade och var rosig om kinderna. Robert hade lagt sina händer på hans axlar under färden i trappan uppåt. Han såg lika rödrosig ut om kinderna som Jonas.

"Jag fick litet draghjälp upp för trappen", sa Robert och mötte Karls och Berras blickar med ett leende. "Det är ett underbart väder. Solen skiner. Det är höst men ändå sensommar."

"Ja, det är en annorlunda november. Någonting helt annat än hemma", sa Karl.

"Någon har lagt till i en båt ute till havs", sa Jonas.

"Ja, jag såg den också", sa Karl. "Ligger den kvar?"

"Jajamensan", sa Jonas. "Den måste ligga för ankar." Karl nickade svagt.

"Jag kan ställa mig i köket och börja med maten om en stund. Jag ska bara sträcka ut mig på soffan innan", sa Robert.

"Det blir bra. Säg till vad vi kan göra", sa Karl.

"Jag börjar", sa Jonas som satte i gång och stökade runt och slamrade när han plockade fram kastruller. Först kokade han skivad potatis i en fiskpanna. En stund senare hördes det ett fräsande i stekpannan av fiskarna som stekte i smör tillsammans med potatisen. Jonas hällde på buljong, la i skivade tomater, kryddade och väntade. Karl tittade ner på en sovande Robert. Han la en filt över honom som räckte ner över fötterna. Tjugo minuter senare tog de sina tallrikar, slog upp klaffbordet som stått ensamt längs en vägg, och satte sig på Karls madrass i vardagsrummet och åt. De viskade när de pratade med varandra. Tio minuter senare började Robert röra på sig. Han vände på huvudet åt deras håll och gav upp ett snett leende.

"Nej, men där är ni ju. Jag drömde just om er", sa han.

"Fisken blev bra. Inte så god som när du gör den förstås", sa Jonas.

"Då ska det smaka", sa Robert och svängde benen över soffkanten. Strax därpå dök han upp i det halvtomma rummet där de satt på Karls madrass. Robert tittade sig omkring och såg yrvaken ut.

"Jag tycker vi köper stolar i morgon. Eller klampar vi på för mycket? Känn ingen tacksamhetsskuld. Men så här kan vi inte ha det", sa han och vände om mot det andra rummet.

"Vad drömde du då?" frågade Berra med ett leende på läpparna när han såg efter Robert som tittade tillbaka på honom.

"Vi var till havs. Det blåste litet och vi pratade hela tiden med varandra."

"En normal historia", sa Berra. Robert hummade.

"Ja, det kanske blåser en aning", sa han med en frånvarande blick ut genom verandafönstret. Karl tittade på honom.

"Sjön suger. Man blir både trött och hungrig", sa Karl och vände sig mot Jonas. "Var ni långt ut på udden när ni promenerade?"

"Ja, en bra bit. Det var inte långt ifrån berget med platån."

"Jaså, ända där borta, så pass långt. Då förstår man ju att man kan bli slut efter en sådan promenad", sa han. Robert drog upp mungiporna och tittade ned i tallriken med en sällsam blick. Sedan satte han gaffeln i en fiskbit och lät den gå runt ett kvarts varv på tallriken för att få upp såsen innan han stoppade hela tuggan i munnen.

"Pappa, det gick väl bra utan grädde?" kastade Jonas fram. Robert nickade och tuggade med blicken på Jonas.

"Det gick bra utan grädde", sa han när han svalt.

"Karl är så finkänslig", sa Berra. "Han undrar när vi åker. Vi kanske ska göra det klart för oss en gång för alla." Robert höjde blicken igen.

"Du snackar en massa skit, Vånglund", sa han kort. Berra tittade slugt på honom och återgick efter ett kort ögonblick till sin egen tallrik. Karl satt med höger ben utsträckt och vänster fot under höger knäveck. Tallriken hade han liggande på låret. Han föste runt en potatisbit, tittade på den, fick upp litet av vitlökssåsen och stoppade den i munnen.

"Så när åker ni?" frågade han.

"Så ska det låta", utbrast Jonas.

"Blir måndag bra?" undrade Robert och såg mot Karl.

"Måndag blir bra", sa Karl. Robert skrattade.

"Vad var det jag sa?" sa Berra högt. Jonas reste sig vigt från golvet ur skräddarställningen som han haft de senaste minuterna och stannade till vid Robert som satt i soffan och som räckte sin tallrik till honom. Sedan steg han över tröskeln till köket och började spola av dem och satte ner dem i diskhon. Karl steg upp och gick efter Jonas. Han mötte honom i dörren. Jonas sträckte fram handen och tog Karls tallrik innan han hann protestera. Robert sträckte på sig i soffan.

"Vad sa hon sedan, Kalle? Vad sa Maria efter det att hon uttryckt hur mörkt det var och att hon inte riktigt såg vem det var?" Han vände sig åt rätt håll men utan att se Karl från sin plats i soffan. Karl stannade upp på golvet och lät blicken gå ut mot verandan.

"Jag frågade helt fräckt om hon ville lägga skulden för Logeströms död på motståndargruppen?" Robert tittade rakt framför sig med blicken i golvet.

"Ville hon det?" undrade han, fortfarande utan att se Karl. Karl torrhostade litet.

"Då sa hon: Nu säger jag inte mer. Precis så sa hon. Det minns jag", sa Karl.

"Ja, det är ju ytterligare ett bevis. Det är klart hon ville lägga skulden på motståndargruppen. För hon kunde ju inte säga som det var! Eller hur, Berra?" hade Robert brusat upp.

"Karl, gosse!", sa Berra och skakade lätt på huvudet. "Du håller käften, Robert", la han till.

"Ja, ja. Gjort är gjort", suckade Robert. "Nu säger jag inte mer. Nu säger jag inte mer. Det är så typiskt Maria", mumlade Robert för sig själv. Berra reste sig sakta från golvet och sträckte sig med armarna mot taket. Sedan lät han sin långa gestalt föras ända fram till soffan mittemot den som Robert satt i. Denne tittade på honom och följde varenda rörelse hos Berra som sakta sjönk ner i soffan mittemot.

"Det var förbaskat mörkt. Och mer om det säger jag inte", upprepade Berra för sig själv. Robert tittade som hastigast upp mot honom. Jonas som stod alldeles i närheten av soffan blängde koncentrerat på än den ena än den andra. Berra lutade sig bakåt i soffan med ett belåtet uttryck i ansiktet. Robert satte ena handen för pannan och drog den sakta över vecken som föstes ihop och sedan slätades ut.

"Vad tyckte du om henne, Kalle?" frågade han plötsligt. Karl sjönk ner i soffan bredvid Berra.

"Hon bjöd på mixad frukt hemma i huset. Jag tyckte hon drev med mig den gången, om jag ska vara ärlig. Hade hon varit någon annan hade hon framstått som en aning vrickad. Nu är jag brutalt ärlig. Jag ber om ursäkt för det", sa han.

"Hon var rädd för dig. Det var rädsla. Varför hon var rädd, det kan man diskutera", sa Robert och brast ut i ett hummande följt av ett uppskattande leende.

"Det kan nog stämma", mumlade Karl. Jonas tog ett djupt andetag och lät en suck höras.

"Nu börjar jag förstå Briggen", sa Robert och bröt en längre stunds tystnad. "Här är man utkastad utan nyheter, utan markkontakt. Radarn är borta. Det är lätt att försvinna här. Lätt att tappa bort sig själv. Känna sig ensam och totalt övergiven. Tredje världskriget kan ha startat utan att vi vet om någonting."

"Det kallas lappsjuka, Robert", sa Berra och glittrade till med ögonen. "Det är sådant som man drabbas av när man har för höga förväntningar", la han till och fixerade honom med blicken. Robert tittade upp.

"Ja", sa han sakta.

"Och förresten, vem är det som snackar skit? Den största dynghögen här är ju du, Robert! Luntmård! Måns!" Berra tystnade genast. Karl vände sakta på huvudet som han hade haft vänt mot Berra och lät blicken gå över till Robert som lät tummarna slå mot varandra med halvknäppta händer och med fingrarna raka. Robert satte upp en handflata i luften mot Berra utan att säga någonting. Jonas ändrade ställning där han stod på golvet.

"Ja, hon är litet speciell, Kalle", sa Robert efter en kort stund. "Hon är verkligen litet speciell." Sedan vände han sig mot Berra och tittade på honom. "Får jag låna datorn!" sa han. Berra ryckte nästan obemärkt på axlarna och gjorde en nick mot sovrummet. Robert tog ett andetag och steg upp. Efter en stund kom han tillbaka.

"Jag ska ta mig en promenad", sa han kort. Sedan hängde han på sig jackan och drog upp dragkedjan. Allihop följde de honom med blicken utom Berra som envist tittade ner i bordet. Roberts steg försvann ner i trappan. När han stängde dörren till baksidesutgången blev det tyst. Karl tittade frågande på Berra. Berra steg upp, gick in i sovrummet och kom tillbaka bärande på datorn.

"Så här har han skrivit, den rackaren. Carpe Diem", läste han högt. "Vilken rackare! Och hemsidan vill han aldrig ge upp. Den ska tydligen vara kvar", sa han.

"Berra, jag ber om ursäkt för det jag sa", sa Karl och suckade. Berra ryckte på axlarna i en nonchalant gest.

Kapitel 12

Robert blandade kortleken så att smattret hördes i hela rummet. Sedan la han ut korten på bordet, ett efter ett, med en medföljande snärt när kortet landade mot bordsskivan. Jonas satt bredvid med en min både innehållande förtjusning och förvirring och följde rörelserna.

"Så där satt du när du var liten, kommer du ihåg det?" sa Robert och vecklade ut de kort han hade i handen. Jonas rörde på blicken innan han svarade.

"Ja, det kommer jag ihåg", sa han kort.

"Men du gillade inte kortspel!"

"Nej." Jonas gjorde en min där han drog upp munnen i en grimas. Robert drog in andan och suckade när han granskade korten.

"Det heter patiens för att man ska ha tålamod", sa han. Jonas log.

"Då har jag inget tålamod", svarade han.

"Vad läser du för någon bok?" undrade han.

"Första världskriget", svarade Jonas snabbt.

"Vad tycker du om det?" frågade Robert.

"Kriget eller boken?" undrade Jonas.

"Nu låter du som din mor", sa Robert och log. "Kriget!"

"Ja, ja. Vilken soppa. Jag förstår ingenting. Det är omöjligt att förstå alla händelser som ledde fram till det."

"Där håller jag helt och fullt med dig. En omöjlig utmaning. Och hemskt dessutom." Jonas hummade och såg på när Robert la ut ett kort som han fortfarande studerade sedan det landat på sin plats på bordet. Robert tittade upp och blev för ett ögonblick upptagen av synen av Karl som satt i täckjacka på verandan med ena foten upplagd på räcket. Över hans huvud satt lampan och vajade i takt med vinden.

"Där har du husinnehavaren. Han får osedvanligt knacka på rutan när han ska in."

"Har du träffat Emilia?" frågade Jonas. Robert skakade på huvudet.

"Jag ska nog jobba litet med Berra nu när läkarlegitimationen är indragen, så henne kanske jag får träffa förr eller senare."

"Hon är, vad ska jag säga, hon är...ja, hon är trevlig", sa Jonas och nickade till litet med huvudet. Robert dunkade korten i bordet och vecklade ut dem som en solfjäder. Han lutade sig bakåt mot ryggstödet.

"Säg inte till Kalle att du tycker hon är stroppig bara." Jonas log svagt.

"Jaha? Vad gör man nu då?" utbrast Jonas kort därpå.

"Ska vi åka in till stan i morgon?" undrade Robert och gav honom ett ögonkast.

"Ja, jag skulle vilja passa på att se mig omkring här", svarade Jonas.

"Jag kör. Du tittar på utsikten." Jonas hummade.

"Så du kan aldrig mer jobba som läkare?" frågade han.

"Njae, det blir svårt. Jag har en tillvaro som pensionär framför mig", svarade Robert.

"Du kan ju få ett eget rum på firman?"

"Kanske det." Robert gjorde en min med munnen. "Jonas", sa han sedan. "Gör någonting av ditt liv! Jag såg att de hade programmeringskurser någonstans. Köra för firman kan du göra vid sidan om."

"Jag ska fundera på saken", sa Jonas och tittade ut mot Karl som satt orörlig i verandastolen. Robert drog plötsligt ihop alla korten som låg utspridda över bordet med bägge händer.

"Nej, du", sa han. "Den gubben gick inte den här gången heller. När äter vi kycklingsallad med vitlökssås? Det börjar bli dags att fylla magen igen." Han reste sig och drog sig fram till verandadörren och knackade på rutan. Karl ryckte till en aning och vände sig sakta om och gav Robert ett lätt leende. Robert sköt upp dörren.

"Kycklingsallad? Vad sägs?" undrade han.

"Det verkar lagom. Jag börjar bli hungrig", svarade Karl. "Du, nu har jag suttit och stirrat en bra stund på den där båten. Det är någonting konstigt. Den är...".

"Ja, du", sa Robert och tog ett par steg ut på trägolvet och tittade i den riktning han pekat.

"Ja, den är helt enkelt alldeles för strategiskt placerad för att inte vara suspekt. Den spionerar på oss", sa Karl halvt på skämt.

"Ja, vad säger du, Jonas?" sa Robert och vände sig om mot Jonas som rörde sig fram genom dörröppningen och ställde sig bredvid Robert på verandagolvet.

"Hm. Det ligger någonting i det, konstapeln", sa han. Karl drog på munnen.

Två och två satt de i sofforna som stod vända mot varandra med ett bord emellan sig. Berra tuggade tyst och såg ner i maten på tallriken. Robert öppnade munnen för ett stort salladsblad som gick in på tvären och försvann. En stund senare åtföljdes det av två oliver som han hade masat ner till tallrikskanten närmast honom. Karl tog för sig av mera vitlöksdressing två gånger efter den första. Jonas myste när han satte en hel bit kronärtskocka på gaffeln och lassade in. Sedan sträckte han sig efter glaset med bubbelvattnet från flaskan med den sneda etiketten och de franska orden.

"Med litet god vilja kan man få å till vatten på både franska och svenska", sa Robert och sken upp.

"Just det", sa Jonas efter ett par sekunder. "Ån som rinner." Berra fnös.

"Får jag ta litet från den porlande bäcken?" frågade Robert Jonas som satt bredvid honom. Jonas sköt flaskan närmare Robert som synade etiketten på nära håll och hällde upp litet i glaset. Det fräste när det rann ner och bubblorna steg till ytan. Han tittade på det när han drack.

"Gott!" sa han och satte ner glaset i bordet.

"Så patiensen gick inte ut?" undrade Berra.

"Inte någon av gångerna", sa Robert.

"Du kanske har bättre tur i kärlek?" fortsatte Berra.

"Tycker du? Nej." Robert gjorde en min och började ladda på en ny tugga på gaffeln.

"Karl är ovanligt tyst i kväll", sa Jonas.

"Det var den godaste salladsportion jag har ätit i hela mitt liv. Nu har jag sagt det jag haft i tankarna en stund", sa Karl.

"Det var ju bra. Jag håller med. Vad säger de där hemma?" sa Berra.

"Jo då. Jag har en vikarie, förstår ni. Jag fick rapport i dag när jag satt på verandan. Vi har litet sociala medier-kontakt, jag och Brick. I all hemlighet."

"Jaha? Berätta! Det låter ju intressant", sa Robert.

"Nej, det enda jag kan säga är att allt är upp och ner. Jander är nästan på väg att sjukskriva sig…ja, ursäkta…det var ju han som…höll i förhören, kan man säga", sa Karl och tog en ny tugga.

"Ja, men så känsliga får vi inte vara. Han sitter ju här nu. Det blev ju bara två år", sa Berra och försökte sig på ett leende. Robert tittade ner i tallriken.

"Ja, du", sa han. "Vad är det man säger om när båset är tomt? Det är då man saknar…".

"Att Brick saknar dig, Karl, det kan jag tänka mig, ja", sa Berra och såg mot Karl som log.

"Ska vi ta en promenad i kväll?" frågade Jonas.

"Jag tycker det skulle vara jätteskönt", sa Karl och tittade på Jonas.

"Då är det bestämt", fyllde Robert i. "Jonas och jag brukar ha vattenkrasse på den här salladen när vi gör den hemma. Den innehåller järn och c-vitamin." Det blev tyst. Berra la ihop besticken och knäppte händerna över magen.

"Tack för hälsotipset, doktorn", sa han.

"Det var så lite, fick den tacksamme mannen höra vars liv räddats av hans läkare som han så innerligt tackade.", sa Robert och log snett.

"Själv kommer jag alltid in på spelplanen i mitt arbete när det redan är för sent. Det är när någon redan har dött", sa Karl och försökte sig på att skämta samtidigt som han höll upp en hand i luften som ursäkt. Jonas blinkade mot honom med ena ögat.

"Vi tar en strandpromenad i kväll", tillade han. Robert gav honom ett gillande ögonkast.

Kapitel 13

Efter solnedgångens sedvanliga sjunkande som varat i en timmes tid hade mörkret lagt sig runt huset. Himlen var stjärnklar och bara glest beslöjad. Molnen fördelade sig i avlånga stråk som flöt över horisonten och ovanför huvudena. Bakom lyste en och annan stjärna. Det gick att bilda sig en uppfattning om hur fort molnen rörde sig om man som Karl stod med huvudet bakåtlutat en kortare stund och följde deras rörelser.

"Om du vill veta vad som händer kan du alltid prata med nyhetsankaret Berra. Han har suttit större delen av kvällen framför skärmen. Han har koll på väder och vind", sa Robert som kommit upp bakom Karl.

"Har han något särskilt att berätta då?" undrade Karl.

"Nej. Han hade väl inte det", svarade Robert.

"Sitter han där än?"

"Ja. Hur han orkar vet jag inte?" sa Robert och trampade på i den mörkgrå sanden som låg torr och lös över hela stranden förutom längst nere vid vattenbrynet där den var kompakt och blöt. Jonas hade armarna i kors framför bröstet och såg frusen ut där han gick och lyssnade till bruset från vågorna. Träden runt omkring stod mörka och höga i kanterna som omgav den sandfyllda marken. Ett fint vitt skum fanns på den övre delen av vågen som sköljdes fram intill strandremsan varje gång en ny våg slog in. Längre ut blänkte vattnet i stjärnskenet. De större vågorna avlöste varandra med litet mellanrum. De drog in något snabbare än de mindre när de kom, och sköljde i somliga fall så långt som in över den torra delen av stranden som inte låg närmast vattnet.

Karl blickade utåt vattenlinjen och såg någonting mörkt. Det rörde sig knappt och var något nedsänkt i aktern. Undersidan av segelbåten var målad i någon mörk färg längst ner. Kanterna högre upp var vita. Seglet var halat och allt var i övrigt helt tyst. Han blinkade några gånger för att se bättre. Så vitt han kunde uppfatta det var det släckt ombord. Det syntes inte ett ljus någonstans. Det fanns ingenting som blänkte till ens en aning i vattnet. Den verkade tom och övergiven.

Karl stannade upp och såg ryggtavlan på Robert som hade saktat ner. Jonas hade släppt greppet om armarna mot varandra och lät dem hänga längs sidorna av kroppen. På händerna hade han skinnhandskar utan fingrar och med en knäppning av en tryckknapp på ovansidan av båda handskarna.

"Det ser väldigt övergivet ut, tycker ni inte det?" sa Robert fundersamt. Jonas kom upp bredvid honom.

"Det är en förhållandevis stor båt", sa han. Karl gick så nära vattenbrynet som han kunde en bit ifrån utan att riskera att sköljas över på fötterna av vågorna som slog in.

"Hade du kamera Jonas?" frågade han med litet högre röst. Jonas skakade på huvudet.

"Den ligger i väskan." Karl nickade och petade med en nagel mellan två framtänder.

"Om du har lust kanske du kan ta en bild vid ett senare tillfälle", sa han.

"Det kan jag göra. Jag lånar gärna ut den", sa Jonas.

"Fullkomligt övergivet. Eller också väldigt suspekt. En styrka på en till två man ombord som bara ligger och väntar och spanar", sa Robert som hade vänt hela kroppen åt Karls håll. Karl backade litet från den yttersta strandkanten.

"Ja, det är svårt att göra någonting härifrån", sa han sakta, gick runt i en halvcirkel och kom närmare de andra.

"Jag tycker den är otrevlig", sa Jonas. "Den rör sig ju inte."

"Har den gått på grund?" sa Robert mest för sig själv.

"Helt omöjligt är det ju inte", sa Karl som nu stod alldeles intill. "Nej, det är mörkt härifrån också", sa han efter en stund. "Det är ingenting som lyser där."

"Men hur länge har den legat nu?" sa Jonas.

"Ända sedan vi kom hit", sa Robert. "Eller längre ändå?" sa han vänd mot Karl och såg frågande ut. Karl skakade sakta på huvudet.

"Nej", sa han. "Inte mer än tre dagar." Vinden tog fart och friskade på över vattnet. Det kändes kallt om öronen.

"Vi vänder om", sa Karl och började gå tillbaka. De andra följde efter honom och vände sig då och då om för att se på båten som fortfarande gjorde intrycket av att vara övergiven.

"Det finns en granne längre ut förbi udden åt andra hållet. Det var den promenaden jag gjorde häromdagen. Kanske har de någon båt. I så fall kan jag tänka mig att kolla upp den där", sa Karl på tillbakavägen.

"Ja. Det står inte rätt till." Robert drog med ett finger under näsan för snuvans skull när han begrundade Karls idé.

Jonas rotade i väskan som låg på golvet vid väggen i stora rummet och fick fram kameran som beledsagades av ett tunt band som man kunde ha om halsen när man bar omkring den.

"Det är en bra kamera det här", sa han. "Jag har alltid varit nöjd med den." Karl tog emot den och vände och vred på den.

"Ja, det här var grejer ska jag säga. Det blir bra bilder." Han gav Jonas ett uppskattande ögonkast.

"Ett glas konjak till var och en av oss, och även till Berra som varit inne på landbacken? Vad sägs?" utbrast Robert.

"Jag kan tänka mig att tända den öppna brasan", sa Karl och såg fundersamt åt vardagsrummets håll.

Dörren till sovrummet var öppen. Plötsligt steg Berra fram och ställde sig i öppningen.

"Nu får det räcka för i dag. Nu får det reda sig självt", sa han utan att någon tog miste om vad han menade.

"Så ska det låta. Nästa gång tar du litet frisk luft tillsammans med oss andra också", sa Robert bestämt. Berra gjorde helt om och gick fram till stapelveden som låg packad mot ena väggen. Han fyllde famnen med så mycket ved som han klarade av att bära och satte sig på huk och släppte ner alltihop med ett brak framför eldstaden.

"Och du har vridit på ventilen, konstapeln?" frågade han från sin plats på huk.

"Ja, det är ordnat med det", svarade Karl.

"Då är det bara att köra i gång. Jag ser fram emot att bli litet uppvärmd", sa han igen. Robert stegade fram i rummet med eldstaden och satte ner ett glas till Berra på klaffbordet.

"Bord har du. Glas har du. Men du har ingenstans att sitta", sa han när han öppnade flaskan och hällde upp en skvätt.

"Tack ska du ha", sa Berra och vände sig om och synade honom. "Det ordnar sig det också." Robert skruvade åt korken och satte ner flaskan på bordet och gick närmare den öppna brasan som gapade svart inuti.

"Karl, hade du en ficklampa?" frågade han och vände sig bakåt.

"Ja, vänta en stund", sa Karl. Efter en halv minut kom Karl in i rummet från köket där han stökat runt ett tag och gick över tröskeln till nästa rum fram till Robert och överräckte ficklampan till honom.

"Vem av oss som än ska kolla upp i skorstenen måste ha någonting att ligga på. Det är smutsigt såg jag", sa han.

"Jag kan hämta trasmattan om du godkänner det", sa Jonas som stod bredvid soffan nära köket.

"Det skulle kunna gå bra", svarade Karl.

"Den kan ju också bli smutsig förstås", sa Robert och såg efter Jonas.

"Det struntar vi i. Från och med nu är mattan till för det", sa Karl.

Jonas kom en stund senare travande med mattan under armen och slängde försiktigt ut den över golvet.

"Jag ska bara ta mig en titt på hur det ser ut", sa Robert och la sig på mattan på rygg och baxade sig närmare. Innan han var alldeles intill tände han ficklampan och riktade den åt rätt håll. Han svepte med ljuskäglan i de nedersta delarna av den murade skorstenen och fortsatte sedan med de högre delarna. Han lät lampskenet svepa över väggarna och riktade den uppåt.

"Ser du någonting?" undrade Berra.

"Hm. Det ska nog inte vara någon fara att dra i gång den här mackapären. Har du någon brandsläckare i huset om det skulle behövas, Karl?"

frågade han liggande på rygg med huvudet inne i spisen.

"Nej, tyvärr. Ingenting i den vägen."

"Ja, då sätter vi väl i gång i alla fall då. Hiva in pinnar och trän", fortsatte Robert och ålade sig ut. Han satte sig upp på golvet och såg sig runt omkring. Sedan steg han upp och borstade av sig om byxorna. Mattan drog han till en annan del av rummet.

"Tack ska du ha", sa Karl som klappade honom på axeln när han gick förbi. Robert log snabbt.

"Det var inget." Berra fick fyr på en torr kvist och satte in den längst in mot tegelstensväggen. Där såg han på den när en låga tog fart och fick fäste längs ena sidan av kvisten. Han la in ett helt vedträ som han lutade mot väggen och som elden snart spred sig till. Det knastrade redan om det spröda träet. Han la dit ett till. Sedan drog han fram en stol och satte sig nära brasan och tittade på när den tog sig. När elden omslutit båda vedträn spred sig en efterlängtad värme i hela rummet.

"Här skulle du kunna ha en soffa till", sa Jonas och gjorde en gest med handen.

"Ja. Det får bli nästa gång. Ni är hjärtligt välkomna tillbaka", sa Karl och drog handen över hakan. Robert skrattade.

"Ska jag hälla upp ett till dig?" undrade han och gick fram till klaffbordet med flaskan och skruvade av korken på den.

"Ja, tack, en kan väl inte skada", sa Karl. När Robert skruvat åt korken igen räckte han över glaset till Karl och tog tag i sitt eget och höjde det i luften.

"Tack för din gästfrihet, Karl", sa han. Karl gjorde detsamma och log mot Robert.

"Det verkar ju gå fint det där", sa han och nickade mot brasan. Jonas hummade och satte sig på golvet och gnuggade händerna mot varandra.

"Berra! Vi har en övergiven båt här utanför", sa Robert plötsligt. "Det ska alla känna till. Om det skulle vara något." Han drack från glaset. Berra tittade på honom och ryckte en aning på axlarna.

"Det är säkert någonting helt normalt", sa han.

"Ingen av oss andra tror det", sa Robert igen. Karl gick genom rummet in till köket och öppnade kylskåpsdörren. Där tog han fram de knapriga, rostade smördegsformarna som han fyllt med räksallad och dill. Han la över dem på en bricka som han lyfte ner från skåpet och kom tillbaka till rummet och ställde ner fatet på klaffbordet.

"Det är enkelt. Hoppas ni förstår att jag inte har kunnat förbereda så mycket annat", sa han.

"Det här blir fint", sa Berra uppskattande och fick gillande blickar från Robert. Jonas steg fram och kikade. Han tog en liten form och satte tänderna i den. Det krasade när han bet av och hälften av den försvann i hans mun.

"Verkligen gott", sa han och sken upp. Han stoppade i sig resten av den innan han tuggat ur den första tuggan och tog ett glas och hällde upp en skvätt ur Roberts flaska.

"Tack, Karl för att vi fick komma", sa han. Karl skålade med honom.

"Själv skulle jag vilja tacka för de här fina breven med hälsningarna som jag fick förra vintern. De värmde verkligen. Det är roligt att få lära känna dig litet bättre också, Jonas", sa Karl. Robert nickade och Jonas log mot Karl. De drack alla samtidigt under tystnad. Berra satte ner glaset och tittade belåtet mot brasan.

"Ja", sa han dröjande. "Vilken tur att du tog så sen semester så att Robert kunde få följa med och röra på sig." Karl log.

Kapitel 14

"Vad hände sedan då?" undrade Karl. "Vem ringde vem?"

"Det var nog Berra som ringde", sa Robert med en frågande blick mot Berra.

"Ja. Nu minns jag inte sådant, men det skulle jag tro, nu när jag känner Robert, att det måste ha varit han som ringde mig efter det att vi mötts vid glasskiosken", sa Berra. Karl nickade och smuttade på sitt glas.

"När kom Luntmård med?" frågade han.

"Han och Robert kände varandra redan. Så det var ganska givet på förhand, om man så säger", sa Berra och tittade mot Robert.

"Ja, det är sant att vi kände varandra sedan gammalt. Och sedan kom Roffe med. Då var Fabian inte gammal. Sonen, alltså. Viktor träffade vi av en slump och började prata med någonstans", sa Robert.

"Det började med träffarna på någon restaurang i stan. Sedan när vi kände att vi hade ambitioner bestämde vi oss för att skaffa en lokal", sa Berra.

"Ambitioner?" sa Karl.

"Ja, en utvecklande diskussionsklubb", sa Robert. Berra ryckte till och började skratta.

"Utvecklande kanske är ett ord som Robert får stå för själv", sa han.

"Men ni ville åstadkomma någonting?" undrade Karl.

"Inte alls. Det var bara snacksalighet och gemenskap för hela slanten", svarade Robert innan Berra hann säga någonting. "Vi satt på källaren Movitz en del och snackade. Kodmaskinen Enigma har du kanske hört talas om. Vi pratade litet runt tekniken, och det här med att kunna kommunicera på ett hemligt sätt…", började Robert. Karl nickade sakta igenkännande.

"Var inte det den som användes och vars kodande knäcktes under kriget?", sa han.

"Jovisst", sa Robert som fått någonting vaket i blicken.

"Plötsligt var det någon som kläckte idén om att göra någonting vettigt. Någonting som man kunde nå ut med till andra. Det var så jag skapade firman", sa Berra.

"Ja, i dag säljer ju Berra programmen med framgång", fyllde Robert i.

"Ja, det är verkligen duktigt om man kan bli framgångsrik på en idé", tyckte Karl.

"Just det. Och sedan utvecklades det därifrån. Det rullade på", fortsatte Robert och sneglade försiktigt på klockan. Berra snurrade på det tomma glaset framför sig i soffan.

"Jag kom just på att jag ska ställa in bilen i skjulet för natten", sa Robert och gjorde en ansats att resa sig. Karl tittade på honom. Berra följde honom med blicken en stund och såg ner på sin egen handledsklocka. Robert kom upp på benen och drog ner jackan från en krok i köket. Utan att knäppa den böjde han sig ner och trädde fötterna i skorna. Jonas såg frågande på honom men ingen sa någonting. Robert drog stående upp dragkedjan.

"Jag dröjer inte länge", sa han och drog sig ner för trappen och ut på baksidan. När han låtit dörren gå igen blev det tyst. Karl försökte möta Berras blick och tittade upp för att se om han hade reagerat på något sätt. När Karl vände på huvudet åt hans håll lät Berra blicken söka sig ut genom fönstret mot verandan.

"Det är kyligt", sa Berra efter en stund.

"Ja, men det var en bra brasa vi fick i gång, tycker jag", svarade Karl.

"Ja. Den värmer", dröjde Berra med att säga. Jonas lutade huvudet bakåt och tittade slött i taket. Karl tittade åt hans håll och sträckte sig efter glaset och smuttade på det. Han räckte ut handen mot chipsskålen och satte ett chips mellan tänderna och bet av så att det krasade. Den andra biten följde raskt efter.

"Så många frågor", sa han sakta.

"Ja. Men inga vettiga svar", sa Berra genast.

"Jodå. En del vettiga svar. Och somliga mer gåtfulla", sa Karl igen.

"Ja. Så är det, konstapeln", sa Jonas och tittade på de andra. Plötsligt hördes det svagt av ett surr som ljudet av en motor som gick i gång. De satt allihop tysta under en lång stund. Sedan kom ljudet av ett slammer. Det smällde till någonstans ifrån men exakt från vilket håll kunde de inte avgöra. Det förflöt en minut. Därpå hördes det när dörren öppnades på baksidan och av steg som tog sig uppför trappen. Robert dök upp i ingången till rummet. Han hade dragit ner dragkedjan så att jackan var helt oknäppt. Han torkade fötterna omsorgsfullt på den lilla dörrmattan som låg på det översta trappsteget. Sedan tog han mol tyst några resoluta kliv över golvet in i köket och tog av sig skorna och jackan. Vattenkranen gick i gång, och det hördes kort därefter hur han satte ner ett glas i bänken vid kranen med en smäll. När han gick genom dörröppningen torkade han sig om munnen med baksidan av ärmen på tröjan. Sedan synade han hela tröjan i spegeln precis utanför köksdörren, gick fram till verandadörren och drog efter andan.

"Det var det", sa han knappt hörbart.

Kapitel 15

När Karl vaknade visste han inte om det var natt eller morgon. Det hördes ett stilla läte som av en fågel någonstans. Solen stod ännu lågt och hade bara kastat spridda strålar över stranden och huset. Han petade sig litet i ögonvrån när han ställde sig framför verandadörren och tittade ut över det ännu så länge stilla havet. Klockan visade på strax över sex. Han gick runt med smörgåsen och tekoppen i rummen. Framför eldstaden ställde han ner koppen på klaffbordet när han skulle ta sig en tugga av den ostförsedda mackan. Han drack långsamt av det heta teet. Eldstaden var mörk. På bordet mellan sofforna stod vattenkokaren som han kört i gång. När han hade klivit in i köket för att öppna kylen hade rummet varit tomt och kökssoffan bäddad. Nu såg han dem stå på den lilla stranden med de mörka pinjeträden långt där borta i bakgrunden. De såg ut att vara tysta. Jonas stod närmast vattnet. Han hade satt upp armarna i kors framför bröstet som han brukade. Robert hade dragkedjan uppdragen i jackan och hade en tunn mössa på huvudet. Han tittade mot skjulet mittemot ingången till huset. Sedan vände han sig ett halvt varv mot Jonas. Det såg ut som om han hade sagt någonting nu. Jonas verkade svara. Han petade med ena tån i den blöta sanden och tittade upp och ruskade litet sakta på huvudet. Det syntes att det blåste från havet. Små fina vågor utan krusningar rullade in strax bakom fötterna på Jonas som vänt sig om mot Robert. Karl tog sin tekopp, förde den ännu en gång till munnen och drack av de sista klunkarna. Fatet sköljde han av och satte i diskstället. Han hängde på sig jackan. Pulade upp mössan som varit nedstucken i ena fickan, satte den på huvudet och gick försiktigt ner för trappen som knarrade under hans fötter.

Ute var det lika friskt som det hade sett ut från fönstret där han stått. Han egen mörkblå bil var den enda av dem som stod ute på landbacken. Han gick med skorna på över de bleka grästuvorna. Han vände sig om mot skogsdungen och bergsstigen där han först kommit gående två år tidigare. Det hade inte ändrats. Det såg precis likadant ut som det hade gjort då. Bara det att det nu kanske var en aning kallare. Träden hade tappat ett och annat blad. Några satt kvar men hade gulnat. Han gick åt andra hållet mot den lilla stranden. Robert såg honom från långt håll. Han tittade utan att göra tecken till att hälsa. Inte heller Karl vinkade till. Han gick med långsamma steg. Förbi gaveln med kulhålet och över de större grästuvorna. Det fanns buskar och sly alldeles högst upp på stranden, så långt från vattnet som man kunde komma. Avbrutna vasstrån låg i drivor. De hade sköljts upp av vågorna. Robert tittade mot honom. Han syntes nicka litet grann nu. Karl försökte nicka tillbaka. Jonas log snabbt under huvan på jackan som han dragit upp över huvudet.

"Kalle, än så länge är det ruggigt, men det blir varmare säger de", sa Robert när Karl kom emot dem.

"Hej", sa han. "Bättre värme kan man hoppas på. Jag vill inte störa", sa han. "Hur har ni det?" frågade Karl.

"Vi har det alldeles förträffligt. Utan en morgonpromenad klarnar inte knoppen. Eller hur, Jonas?" sa Robert.

"Hur har du det själv?" frågade Jonas och sken upp mot Karl.

"Bara fint. Jag såg att ni stod här, från fönstret. Vad säger ni? Ska vi få upp värmen genom en liten promenad?" kastade Karl fram.

"Det låter jättebra", sa Jonas och kastade ett snabbt öga ut mot havslinjen. Vi kanske kan gå åt andra hållet?" fortsatte han. Robert nickade svagt.

"Om jag inte stör alltså. Ni kanske vill vara i fred ett tag?" fortsatte Karl.

"Nej, absolut inte", sa Robert och började ta långsamma steg åt Karls håll.

De hamnade en bit ifrån varandra när de tog ut stegen bakom huset. Karl hade velat visa upp stället där hans revolverkula tagit och satt sig i träet, men han avstod med tanke på Jonas.

"Du ställde in bilen i går?", sa Karl och vände sig ett halvt varv mot Robert.

"Jag tyckte det var lika bra. Det finns plats för dem båda", svarade Robert och sköt upp ögonbrynen i pannan när han tittade på honom. Karl hummade.

"Vem bor Anna hos nu när alla är här?" Robert drog in andan innan han svarade.

"Hon bor i deras gamla hus i Huddinge. Det är Marias vänner som hyr det. De behöver någonting större, så det kom ju lägligt", svarade Robert utan att se på honom.

"Jag förstår", sa Karl kort.

"Tanken är nog att hon ska komma och bo hos mig så snart som möjligt. Men hon har ju inte bott med mig sedan hon var väldigt liten, innan jag och Maria skilde oss", fortsatte Robert. Karl nickade. Hjulspåren från gårdagen när Robert backat och svängt runt för att komma i position framför dörrarna till skjulet syntes fortfarande i marken.

"Jag tänkte åka in till stan", började Karl. "Det behöver handlas."

"Ja, det behöver sannerligen handlas", svarade Robert med en suck. "Konstigt egentligen…på anstalten visste jag precis vad jag skulle göra när jag kom ut. Nu är jag villrådig. Det är som om jag vore handlingsförlamad, på tal om att handla", sa Robert helt plötsligt.

"Är det någonting särskilt du tänker dig att du vill göra?" Karl hade dragit litet på munnen innan han kastat fram det han sa.

"Det var så väldigt mycket. Då var det mycket." Robert harklade sig lätt i den kyliga luften och klev över de första sandformationerna med fötterna ner i groparna och över kanterna på högarna.

"Jag ser att skutan ligger kvar", sa han. Karl kastade ett nyfiket öga ut till havs.

"Jag hoppas att du hittar en rutin i tillvaron. Och kommer på vad det är, det där du ska göra", sa Karl. Robert såg mot honom och drog upp mungiporna.

"Jag vill för mycket. Det är det som skaver som en sten i skon", sa han.

"Då förstår jag." Jonas hade hamnat litet efter Karl och Robert under den senaste stunden. När Karl vände sig om och såg på honom sken Jonas upp en aning. Karl nickade bekräftande. När han vände sig framåt igen hade Robert stannat upp i steget. Innan Karl hann se åt Roberts håll hade han fått någonting i blickfånget. Någonting som rörde sig sakta i vattenbrynet längre ner. Han vände sig som hastigast mot Robert som kikade bortåt med ett slutet ansiktsuttryck. Karl saktade ner i stegen. Innan han helt stannat slog han en blick runtom. Ute till havs låg segelbåten och sakta vickade från kant till kant. Aktern var fortfarande en aning nedsänkt. Den såg ut att vara stabilt förankrad. Alldeles i strandkanten låg en gummibåt uppdragen i sanden med bara en ytterst liten del kvar i vattnet. Det fick den att röra sig en aning alltefter vågrörelserna. Gummibåtens grå färg gick ton i ton med sanden framför och runtom. Åt ena sidan fanns någonting mörkare. Någonting tygaktigt och oformligt. Karl rörde sig framåt en bit till. Robert var några steg bakom. Sist gick Jonas tyst.

"Det ser inte bra ut", sa Karl när han kommit så nära att han kunde se vad det oformliga var för något.

"Det var värst", var Roberts reaktion, som kommit upp alldeles vid sidan av Karl. Karl tog ytterligare några steg fram. Det såg ut som en man som låg i sanden. Han hade fritidskläder och jacka på sig. På fötterna hade han rejäla skor. Han verkade vara barhuvad. Han låg på mage med ena armen i ett konstigt läge. Karl kunde inte se hur han såg ut. Han tog några steg runt så att han skulle komma från andra hållet. Han tittade mot Robert som med slutna läppar tittade lugnt på mannen bredvid gummibåten. Karl sänkte blicken ner i sanden. Spåren av någon som gått med skor verkade färska. Han gick runt i en vidare cirkel. Snart var han så nära att han kunde se ansiktet på personen. Han såg någonting mörkare uppepå huvudet. Det såg ut som blod. Det hade stelnat. Efter bara några steg till kunde han se personens ansikte uppifrån. Näsan, kinderna och en bit av hakan. När han böjde sig framåt såg han munnen. Robert stegade fram från andra hållet medan Jonas hade stannat och stod helt stilla och bara tittade en bit ifrån. Robert kikade ner i gummibåten som verkade tom. Årorna satt kvar i sina hällor. Den ena paddeln hade grävt ner sig i sanden. Kanske hade han hållit i den när han blivit överrumplad.

"Kameran", sa Karl. "Hade du en kamera, Jonas?" frågade Karl och svalde trots att han kände sig torr i halsen. Jonas nickade och började dra sig bakåt. När han vänt sig om småsprang han uppför stranden mot huset. Karl såg på Robert som stannat alldeles intill mannen på marken. Han höjde blicken ut mot havet och mot båten som låg stilla och övergiven. Medan han stod så förde han två fingrar till munnen och drog med dem över läpparna i en långdragen gest.

"Det är Prysse", sa han. "Det är Prysse som ligger där", sa han igen och vände sig sakta om mot Karl och såg honom i ögonen.

Kapitel 16

Karl spärrade upp blicken och stirrade ner på mannens ansikte. Han förmodade att det kunde stämma när han under en längre stund försökte få det att sjunka in. Han hade varit en i gänget. Roberts gäng. Han hade så vitt Karl visste varit med om sabotaget i sprängningen mot huset på Södermalm. Det andra dådet. Det dåd till vilket det fanns ett vittne som omkommit. Pryssemanks namn hade funnits skrivet i en box på hjul som lämnats alldeles innanför ingången på baksidan. Hans eget DNA hade man däremot inte funnit på platsen. Därför hade man inte kunnat binda honom till själva handlingen. Man hade tagit in honom. Han hade inte sagt någonting. Efter tillslaget i Rönninge hade man endast haft intresse av att hitta Robert som man visste hade stuckit i väg och slagit till i Älvsjö och sedan spårlöst försvunnit. I huset i Rönninge hade man även funnit Luntmård ligga död. Den andra ledaren i gänget. Nyss skjuten av Robert och med hjälp av Karls eget tjänstevapen som han förlorade i den omtumlande sammandrabbningen med Robert i skogen. Nu stod han här. Robert. Och Karl stod på andra sidan gummibåten och tittade på honom. Det blåste kallt från havet.

"Har du någon förklaring till det här?" frågade Karl med sin fråga ställd till Robert och kände snuvan komma i näsan. Robert skakade på huvudet sakta och knep ihop med ögonen innan han svarade.

"Nej", sa han kort och utan rörelse. Jonas figur syntes komma småspringande runt gaveln på huset långt uppe på gräset ovanför stranden. Karl och Robert stod orörliga och tysta.

"Hur länge tror du han har legat här?" frågade Karl. Robert drog in andan, böjde sig fram och synade ansiktet och händerna på mannen på marken.

"Jag tror han har legat här sedan sent i går", sa han. Karl tittade på honom med en tveksam min.

"Det säger du?" sa han.

"Mm", svarade Robert och flyttade blicken från kroppen på marken upp mot Karl och så tillbaka igen. Jonas närmade sig mer och mer. Innan han satte de sista stegen i sanden saktade han ner och stannade strax efteråt. Han flåsade under några få sekunder och överräckte kameran som han hade i handen till Karl.

"Du vet hur den funkar?" frågade han mellan andetagen.

"Jadå. Jag vet hur den funkar", svarade Karl och kikade på kameran från alla sidor. "Gå nu inte närmare än så där", sa han och vände sig till dem båda. Sedan tog han de bilder som han tyckte kunde vara bra att ha, och blev stående med kameran framför magen och med blicken ut mot båten till havs.

"Pratade du med Berra?" frågade han Jonas. Jonas skakade på huvudet.

"Nej. Han är inne på rummet. Dörren var stängd." Karl nickade lätt. Jonas tittade utåt havet och satte ner händerna i de djupa fickorna i jackan.

"Kom han därifrån?" sa han.

"Ja, han kom därifrån", sa Robert. Karl tittade på honom.

"Är du säker?" undrade han.

"Ja. Jag är helt säker", sa han kort. Sedan tystnade han. Karl tyckte inte att det var lönt att fråga någonting mer om det.

"Då får vi kolla båten. Sedan får vi ringa polisen", sa han.

"Vi väntar litet med det, vad?" sa Robert och tittade mot honom.

"Vi kollar båten", sa Karl efter en viss tvekan. Robert gick runt på Karls sida och synade det levrade blodet i såret på huvudet. Han satte sig på huk och placerade försiktigt handskarnas fingrar mot halsen på mannen och såg ut att fundera när han försökte rubba huvudet en aning åt sidan.

"Det måste ha varit en rejäl smäll, det där", sa han. Karl instämde hummande. "Och jag tror att mordvapnet ligger slängt i vattnet", fortsatte Robert och fick motta en blick från Karl innan han kastade ett öga mot de tunna, glesa vågorna som sakta sköljde in mot stranden.

"Mycket troligt", sa han och tittade tillbaka mot Robert. "Jag åker ut i gummibåten och kollar upp segelbåten", sa Karl beslutsamt med en kort nick utåt vattnet.

"Vi följer med", sa Robert och tittade med bestämd min på Karl.

"Det hade jag inte räknat med", svarade Karl tvekande.

"Vi har samarbetat förr", sa Robert kort.

"Ja, det får gå för den här gången." Han tittade åter ut över vattnet. "Ni sitter baktill och jag ror." Jonas nickade sakta mot Karl och huttrade i jackan i snålblåsten. Karl satte händerna i midjan och tittade en stund mot mannen på stranden. "Jag tror att det ska gå bra", sa han.

Jonas som sett Karls blick sneglade mot den livlösa kroppen och rundade hans fötter när han satte fingrarna i ett grepp om plastöglan på båtens ovansida. Robert trädde ena fingret i den som var närmast honom. Karl höll i linan med ena handen och knep tag om plastmojängen med den andra. Han tittade upp mot var och en av dem. De lyfte båten nästan samtidigt och tog några vacklande steg i den djupa sanden som omslöt deras skor. När båten hivats i vattnet längs strandkanten höll den sig närmast land av vinden som blåste in. Karl drog ner mössan längre över öronen och klev i. Han höll balansen när han hukande balanserade sig fram och satte sig på den tvärgående brädan. Han la årorna till rätta. Sedan väntade han på att de andra skulle hoppa i. Robert föste Jonas med handen på hans rygg när denne klev över kanten med båda fötterna. När Jonas satt sig på gummikanten på ena långsidan tog Robert sats med foten på marken och sköt båten utåt i vattnet. Jonas räckte ut handen åt honom när han klev över med den andra foten och stapplade fram till sin kant där han sjönk ner.

"Det är pålandsvind", sa han och riktade sig till Karl. "Vi kan byta av efter halva sträckan." Karl svarade med en blick, och tog tag i årorna och satte dem i vattnet och rörde dem samtidigt i stora, rejäla tag. När båten kommit ut en bit från land vände den sig på tvären och snurrade till en aning. Karl tog i litet extra för att hålla kursen rak. Efter ytterligare några tag med paddlarna kom de ut på djupare vatten. Det blåste på från hans högra sida. Han såg sig omkring. Långt borta i hans blickfång avlägsnade sig den lilla del av huset som synts under den första stunden utåt från stranden. Nu syntes även sanddynen minska och bli mindre för att nästan försvinna bland de höga träden som omramade stranden. Kroppen som låg kvar alldeles i vattenbrynet syntes inte längre. Karl såg berget på husets vänstra sida som sköt i höjden med den glesa vegetationen uppe på platån. Han gjorde stora rörelser med årorna. Långt borta till vänster låg det större berget med de porösa stenformationerna till havs. Karl såg mot Robert som hukade sig litet i blåsten där han satt nästan ända ner på durken. Jonas hängde mot båtens ena sida med ansiktet vänt utåt vattnet. När det stänkte till från vågorna förde han händerna till öronen och försökte avvärja de värsta vattenstänken. Han tittade mot båten till havs som kom allt närmare i sikte. I hans ögon la Karl märke till ett sällsamt uttryck. Robert knep ihop munnen vilket fick hans kinder att se stramare ut. Han kisade med ögonen så att Karl inte kunde avgöra var han hade blicken inställd. Karl satte ner den ena paddeln under foten medan han drog med handen om näsan och kände snuvan.

”Det är nära, vad?” skrek han efter en stund.

”Vi är alldeles intill”, skrek Robert tillbaka mot honom. ”Orkar du?” Karl gjorde en tydlig nick med huvudet och vände sig sedan hastigt om och fick båten i synfältet.

”Bara några tag till då”, sa han högt. Jonas drog med handen över ansiktet och tittade både nyfiket och frågande på båten som låg övergiven framför dem. Sedan sträckte han ut handen och fick tag i en lina som satt fäst i kanten bredvid trappstegen som hängde ned.

”Jag håller i”, skrek han. Robert tog tag i Karls paddel och hakade fast den bakom en metalldel och drog dem närmare båten. Gummibåten sjönk ned lodrätt när vågorna gungade uppifrån och ner. Robert slant och tappade greppet men skyndade sig att ta tag i metallen igen.

"Nu har jag fått tag", ropade han. Karl hakade ur den andra åran och släppte den på botten av båten och reste sig. Han höll i sig i kanten med en hand. Med den andra drog han linan från båten och fäste den i repet som låg fast över kanterna på gummibåten. Han drog repstegen intill sig och vinkade åt Jonas att komma över och ta sig upp. En efter en steg de över till segelbåten. Karl spanade ned mot gummibåten som låg surrad i repen som var fästade i den. Den for runt som en vindflöjel över vågorna medan det drog i repen som den var fastsurrad i.

"Vi klarade det bra", sa han med något lägre röst och fick instämmande blickar. Han drog med händerna över ansiktet och såg mot land. Svagt kunde han ana strandremsan och udden till vänster. "Vi klarade det men det var på håret", la han till.

Kapitel 17

Karl hade klivit ned i det lägre utrymmet i aktern efter att ha stått och spanat runt ett tag på däck alldeles vid metallstaketet runt om. Ingången till kajutan låg alldeles bredvid. Det fanns trästolar och parasoll på däck. Plötsligt bröt solen fram mellan molnen som skingrades en aning. Han vände sig och kisade utåt andra hållet. Det var bara hav. Långt där borta kunde han se ett fartyg, men han kunde inte avgöra åt vilket håll det var på väg. Jonas hade satt sig i durken och tog igen sig. Han blundade mot solen med händerna som han höll om kroppen.

"Varför låg han där död?" frågade han plötsligt utan att öppna ögonen. Robert tittade på honom.

"Det är det vi ska ta reda på", sa han.

"Vet du vems båt det här är?" Jonas öppnade ögonen och tittade på sin far. Robert väntade utan att säga något på att Jonas skulle fortsätta.

"Vems då?" undrade han kort.

"Det är Viktors båt. Jag har varit på den här båten förr." Robert fick en skarp rynka mellan ögonbrynen och svarade inte. Han drog bara långsamt med ena pekfingret över den spända underläppen.

"Det blir bättre och bättre", sa han till sist. Karl tittade först mot honom och sedan mot Jonas utan att ha förstått vad Robert menade.

"Jag ska ta mig en titt inne. Sitt kvar här, ni", sa han och reste sig. Dörren gick att få upp genom en lätt knyck. Innanför var det fullt av grejer som låg ordnade i sina utrymmen längs väggkanterna. Skillnaden mellan blåsten utanför och vindstillheten inne var slående. Han drog av sig mössan och löpte med händerna över ansiktet och över håret. Sedan stoppade han ner den i ena fickan. Först stod han bara stilla en stund och tittade sig omkring. Sedan började han långsamt röra sig runt i det trånga utrymmet. Han kikade ut genom gluggarna mot det solglittrande vattnet. Tillbaka med blicken inne sökte han runt efter någonting som kunde hjälpa honom att förstå vad det hela rörde sig om. Han hittade en resväska som låg i en stol och som inte var uppackad. Han drog ut strumpor och ett par tröjor. Resten var saker. Papper och prylar av personlig karaktär. Han släppte det med blicken och gick vidare längre fram. Det satt en spegel med en träram i formen av en sol på ena väggen. Han hittade en kartong med lock i ett hörn. När han lyfte på locket var den tom. Han gick tillbaka. Med fingrarna löpte han runt i väskan med blixtlåsen. De stötte emot någonting. Han vek upp ett fodral och synade innehållet. Det fanns ett par plastkort och fler papper. Plastkorten var utställda i Prysses namn. Han vek upp papperet som satt instucket innanför den andra plastfickan. Det var handskrivet och kort. Och vikt ett flertal gånger. Han såg sitt eget namn. När han började läsa drabbades han av en beklämmande känsla. Hela kroppen överfors av rysningar. Han stelnade till och fick svårt att röra sig. Efter en knapp halv minut hade förvåningen och chocken fortfarande inte lagt sig. Han läste meddelandet på nytt. Det fick honom att andas snabbare. Snabbt stoppade han på sig papperet som han pulade allra längst ner i fickan på sina egna byxor. Förvirrad drog han på sig mössan och stirrade stelt ut mot de andra som satt på däck. Sedan rafsade han åt sig den lilla väskan med fodralet och de personliga dokumenten och tog några steg. Det gungade under fötterna på honom. Han såg ingenting. Han tittade men han hade svårt att koncentrera sig på det han såg. Han kunde inte ta in något ur all röra. Både i sitt eget huvud och röran runt omkring honom. Han tog ett par djupa andetag och sköt upp dörren till aktern.

Jonas kisade mot honom. Robert knep ihop munnen och såg oåtkomlig och tankfull ut.

"Hittade du någonting, Karl?" frågade Jonas. Karl skakade sakta på huvudet.

"Nej. Inte mycket", sa han.

"Ja. Tomt är det i alla fall. Vad säger du, Karl, ska vi dra upp ankaret och ta oss närmare land? Vore inte det en bra idé?" Karl nickade svagt mot Jonas.

"Det kan vi göra", sa han kort. Efter en stund hade han och Jonas lyft ankaret från bottnen. Det vägde ett ansenligt antal kilon. Båten började flyta en aning åt ena hållet. Karl gick åt dörren till kajutan till, drog i gång nyckeln som satt i låset och drog i spakarna och rattade runt. Båten tog fart med ett puttrande ljud. Han svängde drygt ett varv med det stora hjulet. Sedan drog han det tillbaka en bit innan båten fått den kurs som han var nöjd med. Land närmade sig efter hand. Båten gungade i sidled men han försökte parera rörelserna så gott han kunde med stela armar. I tankarna var någon annanstans. Han tittade ut mot Robert som hade något av ett svagt leende på läpparna där han satt mittemot Jonas som kisade och hade vinden på sig som hade tagit tag i hans jacka. Karl slog av motorn och lät båten glida framåt den sista biten. Det var fortfarande en bra bit från land men inte så långt att det skulle vara samma besvär att ta sig ut till båten som de nyss haft. Robert tittade mot Karl och släppte sedan ankaret i rätt ögonblick. Det försvann ner i det blå djupet. Sedan drog han med en hand över pannan och med fingrarna i de inre ögonvrårna.

"Jag kommer att tänka på en bok jag läste som ung. Den hette Tre män i en båt", sa han. Jonas tittade på honom utan igenkänning i blicken. Karl nickade svagt.

"Den har jag också läst", sa han. När han klättrade ner i gummibåten kände han hur Robert la en hand på hans axel. "Men den var menad att vara rolig", sa han. Robert drog svagt på munnen när han uttalat orden.

"Så var det kanske", sa Karl och såg på honom för ett kort ögonblick.

Kapitel 18

Berra stod mitt på golvet och stirrade på dem när de steg upp för trappen in i rummet.

"Gosse!" sa han. "Ni har varit borta så länge att jag nästan blev orolig", fortsatte han och tittade frågande på var och en av dem.

"Prysse är död. Han ligger död på stranden", sa Robert, damp ner i soffan och tittade allvarligt på honom.

"Prysse? Det är inte möjligt! Vad är det du säger?" Berra såg oförstående på honom och vandrade med blicken över deras ansikten. "Prysse? Vad är det ni har gjort hela tiden?"

"Vi åkte ut till båten som ligger för ankar. Han hade tagit sig till stranden i en gummibåt", fortsatte Robert och blundade en kort stund.

"Jag är på väg att ringa lokalpolisen", sa Karl och såg med bekräftande blick på Berra. Berra såg ut att ha tappat förståndet.

"Så nu har du inget problem mer med honom", replikerade Robert, öppnade ögonen och fick Karls blickar riktade på sig. Berra såg ner i golvet för ett ögonblick.

"Är detta verkligen sant? Hur dog han?" frågade han och såg ut att ha svårt att hämta sig.

"Genom ett rejält slag i huvudet", svarade Robert. "Jonas, ta av alla blöta kläder på en gång", sa han och vände sig om mot honom.

"Då kommer det att krylla av poliser här om en stund, alltså", sa Berra och rev sig i håret.

"Det får bli som det vill med den saken", sa Robert och sneglade försiktigt mot Karl som stod tankfull vid sidan om.

"Jag ringer nu på en gång", sa Karl och gick in i rummet med eldstaden och plockade åt sig telefonen och slog numret i foldern som han slagit upp. Han fick vänta en stund innan tonen gick fram och någon svarade. När samtalet var avslutat satte han sig framför eldstaden och petade med gaffeln i de gamla förkolnade träresterna. Han reste sig och gick fram till väggen med veden. Med hela famnen full släppte han ner dem på golvet framför brasan och drog tändstickorna närmare sig. Sedan började han placera ut ett par trän och drog eld på en sticka som han satte in i den murade eldstaden. Han släppte den sakta när den spritt sin låga till ett av träna som lät den ta sig och fladdra till. Efter en stund började värmen kännas där han satt. Den spred sig i rummet.

"Hur länge skulle det dröja?" Berra hade kommit upp alldeles bakom honom och ställt frågan.

"Det sa de inte. Jag frågade inte heller", svarade Karl och vände sig om. Berra kliade sig på halsen.

"Så han hade ett sår i huvudet?" frågade han.

"Han hade ett tillräckligt stort sår i huvudet för att det skulle gå så illa. Jag beklagar det", sa Karl. Berra stod tyst och tog några andetag.

"Prysse", sa han. "Hur såg det ut på båten?" följde han upp sin tanke med.

"Det var många prylar inne i hytten. Han hade sina identitetshandlingar där", svarade Karl.

"Jaså, det hade han", sa Berra. "Det var ju konstigt." Karl tittade upp mot honom.

"Vilket då?"

"Att han skulle vara här", sa Berra.

"Visste ni ingenting?" frågade Karl.

"Nej, absolut inte. Jag visste ingenting." Karl såg mot fönstret och la märke till att mörkret började falla. Ute var det tyst. Det var bara sprakandet från brasan som lät. Berra gick mot soffgruppen i det andra rummet och satte sig ner. Robert satt mittemot med en halv brödskiva med pålägg framför sig på ett fat. Bredvid hade han ett glas med någonting i på bordet.

"Jag förstår inte det här", sa Berra och sjönk ner i sitsen och la armen på armstödet vid sidan om.

"Det är svårt att tänka sig att det kan hända, ja", sa Robert och tog en tugga av smörgåsen.

"Det är ju bara vi här", sa Berra och tittade på honom.

"Ring inte Viktor än", sa Robert. "Jag måste tänka ut någonting."

"Tänka ut vad?" undrade Berra.

"Prysse måste ha haft en anledning att komma hit."

"Men han kan inte heller ha seglat ensam. Jag visste inte att han kunde sådant. Det är höstvindar och allmänt slitsamt", sa Berra.

"Det är mycket man inte vet", sa Robert som svar på den första tanken. Han reste sig och knallade in i köket. När han kom dit tittade han ner på Jonas som låg på bäddsoffan och stirrade i taket.

"Det här ordnar vi. Det ordnar upp sig", sa han och plockade fram ett glas till Berra ur skåpet. Sedan gick han tillbaka och satte sig ner och ställde glaset som slog ner med en smäll i bordet framför Berra.

Han tog en tugga av smörgåsen och blickade långt framför sig, genom rummet med eldstaden där Karl satt tyst och tittade in i elden, och ut genom fönstret på kvällshimlen med solen som hade sjunkit nästan helt.

"Det här ordnar vi", sa han igen.

Kapitel 19

Det hördes när bilarna svängde upp på gräsplanen på baksidan. Det smällde i dörrarna, dunkade och rasslade. Direkt efter kom ljudet av röster som ropade till varandra. Robert reste sig och gick fram till verandadörren och kikade ner på den övre delen av grässlänten som följdes av stranden längre ner som sträckte sig bortåt. Ljuset från polisernas ficklampor dansade över marken där de småsprang nedåt havet. Han steg ut och ställde sig med händerna lutade mot verandaräcket och tittade upp mot lanternan. Han tog ett par andetag där han avslappnat stod lutad mot räcket. När han gick in och stängde dörren efter sig tände han belysningen till lanternan alldeles innanför fönstret. I samma stund som Karl reste sig från golvet framför eldstaden dunkade det på dörren nedanför trappen. Berra reste sig och tog trappstegen ner och slog upp dörren. Några ord utbyttes. Sedan knirrade det i hela trappen när de gick uppför. I rummet blev de stående och tittade från den ena till den andra. Robert nickade i en hälsning och Karl steg fram och presenterade sig. Sedan genomsöktes huset under knappt en timmes tid medan Karl och de övriga fick svara på otaliga frågor.

Berra travade runt i rummet. Först in till vardagsrummet med eldstaden och fram till fönstret, sedan tillbaka igen. Hela tiden hade han blicken riktad rakt framför sig. När han kom till den lilla spegeln som satt uppspikad på väggen utanför köket kikade han snabbt i den som för att försäkra sig om att han var han och att det var verklighet.

"Gosse!" sa han. "Hur länge sa de att vi var tvungna att stanna?"

"En vecka till", svarade Robert och drog med fingrarna i mungiporna. Karl satt lutad mot väggen i vardagsrummet och tittade slött på klaffbordet och eldstaden längre bort. Jonas uppenbarade sig i dörröppningen mellan köket och rummet. Han tittade sig omkring.

"Vad finns det för mat?" undrade han. Robert tittade upp.

"I morgon sticker vi i väg och handlar. Jag såg några burkar ravioli i skafferiet", sa han. Jonas vände om och tog fram en kastrull, satte på plattan och öppnade och synade skafferiet med burkarna.

"Men varför? Är det någon som förstår det?" sa Berra helt plötsligt. "Karl? Vad tror du?" Karl harklade sig och reste sig från golvet där han suttit och hängt en längre stund.

"Ja", började han när han närmade sig. "Det är svårt att säga. Jag kan nog inte säga mer än någon annan", sa han. Han slog sig ner i soffan mittemot Robert utan att titta på honom.

"Jag är ledsen, Karl", sa Robert och försökte möta hans blick. Karl såg upp och nickade med bister min.

"Ja, det här var inte vad man hade tänkt sig", sa han. Robert besvarade kommentaren med en svag gest med handen. "Det är hög tid att du talar om vad du gjorde ute i går", sa Karl igen.

"I går?" undrade Robert.

"Ja, i går. Du reste dig och gick ut. Sent i går kväll."

"Jag parkerade bilen i skjulet", sa Robert kort.

"Var det bara det? Var det allt?" sa Karl.

"Nu tror du väl ändå inte…?" började Robert. Berra spärrade upp ögonen.

"Hörde eller såg du ingenting?" frågade Karl lugnt.

"Nej, absolut ingenting. Det var dödstyst", sa Robert. Karl tittade på honom. Sedan kliade han sig med en pekfingernagel i hårbottnen.

"Det tog en stund", sa han.

"Det tar alltid en stund", sa Robert och mötte hans blick. Jonas steg in från köket med ett fat med bestick liggande på.

"Det räcker åt er också", sa han. Berra reste sig och började plocka med tallrikar i ett av skåpen. Efter en stund kom han bärande på tre stycken. Karl reste sig och letade fram ett karottunderlägg. Han satte ner kastrullen på bordet med underlägget under och la en sked bredvid.

"Tack ska du ha, Jonas", sa han.

"Nej, nu tar ni fel. Nu tar ni alldeles ordentligt fel. Jag har ingenting med det här att göra", sa Robert. Karl gjorde en nick åt honom att ta en tallrik ur högen. Robert tittade åt det håll Karl nickat och lyfte en tallrik och tog bestick ur en burk och la dem bredvid tallriken. Sedan knep han ihop munnen och väntade en stund innan han tog för sig av maten i karotten. Berra blåste lätt över pastan innan han förde gaffeln till munnen.

"Det här är ju gott", sa han. "Det här skulle Prysse ha gillat." Allihop tittade på honom för ett ögonblick.

"Jag åker in till stan i morgon", började Karl. "Jag blir tvungen att ringa Brick också, naturligtvis", sa han uppriktigt.

"Det är ingen som kan säga någonting illa om det", replikerade Robert. Karl tittade hastigt upp på honom medan han satte gaffeln med raviolin till munnen.

"Jag tänker gå till botten med det här", fortsatte han. Berra stirrade ner i sin tallrik och Jonas hade ett allvarligt uttryck i ansiktet. Robert log en aning. "Ja du, konstapeln", sa han. "Det blir inte lätt."

Kapitel 20

Karl satte nycklarna i tändlåset, vred om och tryckte ner gaspedalen. Sedan drog han i väg i den svagt lutande backen uppför, och följde den i hela svängen tills han kom fram till den större vägen. Han hade kustremsan på sin vänstra sida och kunde då och då se havet långt där borta över de nakna grässlätterna. Han mötte andra bilar som var på väg åt motsatt håll under färden in till stan. Själv var han ensam på sin sida av vägen den första biten. Efter ett antal minuter tätnade både trafiken och bebyggelsen. Han svängde in mot den affär där han tidigare handlat. Där fanns allt han behövde. Priserna var rimliga och människorna trevliga och långsamma i sina tempon där de rörde sig på stan, spatserade runt eller satt på kaféer. När han hade hittat en parkeringsplats slog han av motorn och satt en stund och stirrade ut. Han kände med handen utanpå fickan där lappen låg i jeansen. Det prasslade försiktigt när han tryckte med två fingrar utanpå byxorna. Han vecklade upp lappen och läste den en gång till. *Den här gången är det din tur, Karl. Den här gången kommer du inte undan. Robert tänker förgöra dig och sudda ut din tillvaro i den här världen. Inte bara han. Hela gruppen. Och det finns ingenting du kan göra. Ingen kan hjälpa dig.* Karl steg ur bilen och slog igen dörren. Sedan steg han in i en affär där han visste att man kunde ringa. Han ville ha det så trots att han hade sin egen telefon i jackfickan. Han slog Bricks nummer och väntade med den stora luren tryckt mot örat. Man tittade på honom från disken i butiken. Han log litet och vände sig åt andra hållet.

"Ja, det var Jörgen Brick här, gruppchef, Kriminalen."

"Jörgen, det är Kalle här", sa Karl.

"Karl, är det du?"

"Japp. Nu är det så här", sa Karl och kände tröttheten komma. "Det har hänt någonting här nere. Det har hänt någonting", upprepade han.

"Jaså, vad är det som har hänt då?"

"Du kommer ihåg Gustav Pryssemank, eller hur? För två år sedan?" sa Karl.

"Ja, det kan man väl inte glömma så lätt", sa Brick. Karl fäste blicken på en fiskmås som flög med stora vingtag och cirklade runt bortom det ställe där han parkerat bilen.

"Han är död. Mördad. Utanför huset av alla ställen."

"Vad är det du säger? Mördad? Hur vet du det?"

"Jag bor ju här. Jag var själv med om att hitta honom."

"Nej! Det var chockartat. På Korsika?", sa Brick.

"Ja, det är det. Och nu spelar de teater. De låtsas vara osams med varandra, som häromkvällen när de kallade varandra saker. De kan ha planerat det här tillsammans. Och antagligen sedan en tid tillbaka. Det finns vissa indicier."

"Det låter otroligt. Är han med, vad heter han? Han har ju precis kommit ut, Wresand?"

"Ja. Och…jag kan naturligtvis inte…mordet var säkert planerat att utföras här…det här är bara tankar som jag har…varför skulle de annars vara så angelägna om att komma hit och åk…?"

"Karl? Karl? Är du kvar? Hallå?"

"Hallå, Brick. Vänta litet", sa Karl och sänkte telefonluren och stirrade ut genom butiksfönstret. Han stod blick stilla med öppen mun ett ögonblick. Sedan vände han sig om så att han inte skulle synas från gatan. När ytterligare några sekunder gått kunde han åter närma sig fönstret och titta åt det håll han sett något. "Brick?" sa han och tryckte luren mot örat igen. "Är du där?"

"Ja, det är klart jag är här", svarade Brick både otåligt och frågande.

"Du kanske inte tror mig. Jag har precis sett en person till från gruppen."

"Vad menar du? Nu? Vem då?" undrade Brick.

"Han heter Roffe. Konstnären", sa Karl och flyttade sig en aning så att han kunde se honom genom ett angränsande skyltfönster bredvid. Roffe gick bortåt åt ett annat håll.

"Jaså han? Vad är det med det?"

"Jamen. Han bor inte i huset. Ingen har sagt att han befinner sig här", sa Karl. "Nu börjar det kännas underligt", sa Karl och tog ett rejält tag om hakan och tryckte med fingrarna.

"Ja, det förstår jag. Jag ska se vad jag kan hjälpa dig med", sa Brick och suckade.

"Egentligen var det en sak till…men vi tar det sedan. Nästa gång", sa Karl.

"Hur länge blir du kvar?"

"Den franska polisen pratade någonting om en vecka eller så, men…", började Karl och for upp med handen och drog den genom det korta håret.

"Jaså, du. Jag ska se vad jag kan göra där också", sa Brick.

"Tack, Jörgen. Det känns bra att veta att ni nu känner till det hela."

"Jag förstår det. Jag tror inte på det där du sa alldeles i början. Men vi ska plocka fram saker och prata med folk. Ha det bra, Kalle, så länge. Var försiktig!"

"Tack. Du med."

"Tack, hej."

"Hej." Karl la ner luren i klykan och tog sig fram till kassan. På väg dit kastade han blickar ut genom det stora butiksfönstret. Han kunde inte se honom någonstans. Han var försvunnen. Antagligen hade han åkt i väg i någon bil. Han vände sig om vid disken och betalade vad det kostade efter att butiksinnehavaren tittat på klockan och gjort en lätt överslagsräkning i huvudet.

"La Suède", sa Karl. Butiksinnehavaren nickade och slog in knapparna i kassaapparaten. När Karl vände sig om mot utgången tittade kunderna nyfiket efter honom. Sedan begav han sig gående till närmaste affär där han skulle göra sina inköp. Innan han steg in drog han ner mössan ordentligt över öronen och såg sig omkring.

Kapitel 21

En efter en lyfte han kassarna ur bakluckan och tryckte igen den. Han satte ner dem på marken. Sedan lyfte han dem och tryckte dem mot bröstet och gick mot ingången. När han kom upp ovanför trappen satt Robert i soffan med ett ben liggande över det andra, och med bara strumpor på fötterna. Karl varken hälsade eller såg på honom utan kände bara hur Robert stirrade på hans ryggtavla när han svängde in i köket och släppte ner det han hade i händerna. Robert visslade sakta medan Karl smällde i skåpluckorna när han satte in alla varor på sina bestämda platser.

"Det finns kaffe om du vill ha", sa Robert från sin plats i soffan. Karl dröjde en stund med svaret.

"Tack. Jag ser det", svarade han.

"Det blev bättre väder. Jag tror värmen är på väg tillbaka", fortsatte Robert.

"Jaså? Har du hört det på radio?"

"Jag ser det på vinden och på ljuset." Karl stannade upp i rörelsen och kastade ett öga ut genom köksfönstret mot gräsplanen med bilarna utanför.

"Han kunde faktiskt segla", fortsatte Robert efter en stund.

"Jaså? Kunde han det?" sa Karl och vände tillbaka blicken mot diskbänken.

"Men det är kanske Viktor som seglar mest", fortsatte Robert. Karl kunde höra hur han lyfte koppen med kaffe som han hade framför sig och satte ner den på fatet igen.

"Det var som tusan", sa Karl och öppnade och tittade in i kylen.

"Justina I."

"Vad är det?" undrade Karl.

"Så heter båten. Det står i aktern och på styrbordssidan, den sidan som var vänd ut till havs", sa Robert och ändrade sittställning. "Mådde han bra?"

"Han?"

"Briggen?" förtydligade Robert. Karl drog med ena handens fingrar över diskbänkskanten.

"Ja. Allt var under kontroll", sa Karl dröjande.

"Vad sa han då?"

"Vad han sa?"

"Om utredningen?"

"Det har du inte med att göra, Robert, vad Brick säger om saker", svarade Karl, öppnade och smällde igen en skåplucka.

"Angår det inte mig?" kastade Robert fram.

"Det angår ingen av er vad Brick säger. Det här är från och med nu en utredning av en händelse som skett på min egendom, och Brick kommer att hålla kontakten med den franska polisen."

"Det leder ingen vart. Det är lika bra du tar över", sa Robert. Karl uppenbarade sig i dörröppningen och kastade ett förvånat ögonkast mot honom.

"Och hur ska jag gå till väga, tycker du?" frågade han Robert som satt med ansiktet tillfälligt vänt mot verandan utan att se på honom.

"Vi väntar tills det blir mörkt", sa han. "Sedan gör vi en rekonstruktion av hela händelseförloppet. Vi ska heller inte glömma att ta tiden", fortsatte han och vände på huvudet. Karl tittade lugnt på honom och lät blicken röra sig runt hela rummet medan han tog in det som Robert sagt.

"Och vem ska spela Prysse hade du tänkt?" undrade han.

"Får jag kolla på bilderna i kameran? Har du lämnat den till Jonas?" frågade Robert. Karl skakade på huvudet innan han svarade.

"Den ligger i byrålådan", sa han. Robert steg upp och släntrade fram till byrån och drog ut den översta lådan. Han plockade upp kameran och fick efter en kort stund fram bilderna som han sakta bläddrade bland i turordning.

"Han har rört armen", sa Robert.

"Hur då?" ville Karl veta.

"Det finns en svepande rörelse i sanden precis mellan höften och armen. Det betyder att han har rört den uppåt. Han fick ett slag till när han redan låg", sa Robert lugnt. "Det dödande slaget." Karl stirrade utan att säga någonting.

"Vad var klockan när du gick ut och parkerade bilen?" frågade han efter en stund.

"Tio och femtiofem. Exakt tio och femtiofem." Deras blickar möttes.

"Och vad var klockan när du kom tillbaka?" frågade Karl. Robert ruskade en aning på axlarna och gjorde en min.

"Jag tittade inte på klockan", sa han.

"Elva noll fyra", sa Karl. "Exakt elva noll fyra."

Kapitel 22

Berra slog upp plaststolarna som han burit ur bilen några timmar tidigare. Han satte ut dem i en halvcirkel runt eldstaden som stod svart och tom, och hade gjort så under hela dagen. Stora, tjocka cirrusmoln hade rört sig mot bakgrunden av en klarblå himmel och kastat breda skuggor som långsamt flyttat sig över marken. När solen bröt fram hade den flödat över hela verandan. Jonas hade stått vid verandaräcket en stund med armarna liggande på träet med den nötta färgen och satt upp ansiktet mot solen och blundat. Guldringarna blänkte i solskenet. Den som satt på vänster hand var smal och gjorde inget prålig intryck. Ibland tittade han ner på den med ett tillfredsställande ansiktsuttryck. Jackan gick ner en bit över halva låren, och snörena i dragskon i den nedersta kanten vajade i vinden. Närmast halsen hade han en polokrage som syntes där dragkedjan inte dragits upp utan stannat i ett läge före halsen.

"Hur kändes det att bada? Fungerade det bra?" frågade Robert som kommit ut och slagit sig ner i en trädgårdsstol bakom honom.

"Jadå. Jag har inte sett så många långbenta varelser. Det var en som satt på väggen högt upp. En jättelik en. Men den brydde jag mig inte om. Det var skönt att tvätta håret", sa han.

"Jag kan tänka mig det", sa Robert. "Nästa gång är det någon av oss andras tur." Jonas vände sig om, slog upp ögonen och log.

"Jag skulle vilja måla om hela källarrummet", sa han.

"Det kanske skulle muntra upp honom", svarade Robert. "Vad skrev Elise till dig? Hur går ruljangsen där uppe?"

"Det är hon, Emilia och Fabian. Det går nog bra", sa Jonas. "Pappa?"

"Hm?"

"Vad gjorde han här? Prysse?" Jonas såg ut över gräsmattan i den höstlika färgen med handen kupad över ögonen. Robert vred sig en aning i stolen.

"Jag kan inte prata om det", sa han.

"Det måste du väl kunna? Om det är något hemligt med det måste ju någonting vara fel", envisades Jonas.

"Det är på väg att bli rätt", svarade Robert kryptiskt. Karl steg ut på verandan och satte armarna i kors över den stickade tröjan. Han kastade ett snabbt ögonkast mot Robert som inte tittade tillbaka.

"Karl?" sa Robert, fortfarande stirrande rakt fram.

"Ja."

"Jonas vill måla om badrummet där nere. Vad säger du om det?"

"Jaså? Vad trevligt. Det kanske jag kan hjälpa till med dessutom."

"Grabben behöver någonting att göra. Det är svårt att vara sysslolös när man har energi", sa Robert.

"Ja, det kan jag förstå. Det är inte så stort. Det tar väl en dag."

"Berra hittade några trevliga stolar", sa Jonas. Karl nickade mot honom med en uppskattande min.

"Kunde han segla, sa du? Viktor?" sa Karl och ställde sig vid verandaräcket och tittade ut över gräsplanen och vågorna längre bort.

"Javisst", sa Robert.

"Jag skulle hur enkelt som helst kunna bevisa att man måste var två i en sådan där båt. Det är bara att ta reda på fakta. Antingen får man den från källan som det berör eller också får man den någon annanstans ifrån. Man behöver inte vara konstnär för att segla en båt. Men två behöver man vara", sa Karl och vände sakta huvudet åt Roberts håll som tittade på honom.

"Det skulle förvåna mig någonting å det grövsta om det var så", sa Robert både tankfullt och en aning kryptiskt och vände sakta huvudet från Karls håll. Karl tittade konstigt tillbaka på honom i profil.

"Gosse! Stackars Serilson. Jag satt just och tänkte på honom vid datorn. Vi kanske gav honom en för stor uppgift. I går måste det väl ha varit?" sa Berra som stigit ut på verandan och hade vänt sig till Robert med sin fråga. Karl såg frågande på honom.

"I går var det, ja. Han har lovat vattna alla blommor hos var och en. Det blir ett ruskigt åkande fram och tillbaka", sa Robert. "Men det sker bara en gång."

"Det är ju en jäkla tur", sa Berra, log och blinkade mot Karl som fått någonting efterhängset fundersamt i blicken.

Framåt femtiden hojtade Robert från köket. Han lutade sig runt dörrkarmen för att se om de andra satt i soffan eller fanns i närheten. Jonas som låtit svepande ljud med svampen höras under den senaste timmen svarade honom efter ett ögonblick från badrummet. Sedan hördes hans springande steg i trappen. När han stod i rummet synade han fingrarna.

"Har du tvättat klart?" frågade Robert honom.

"Ja. Till och med allra högst upp mot taket är det klart. Nu ska det bara torka. Målar, gör jag i morgon", svarade Jonas.

"Jag tror att det blir väldigt fint", sa Robert. "Om ni är redo kan ni komma och ta era tallrikar." Berra travade ut från sovrummet och drog fingrarna genom håret.

"Det ska bli gott", sa han. Sedan lyfte han en tallrik i högen och började lassa på av köttgryta på tallriken, tog sina bestick och begav sig till vardagsrummet. Han satte ner tallriken i bordet och drog åt sig en plaststol och satte sig ner vid klaffbordet. Karl reste sig ur soffan och gick långsamt fram till köket och tittade in.

"Det doftar gott", sa han. "Tack för hjälpen så här långt", sa han igen och gav Jonas en klapp på axeln. Jonas log mot honom.

När de allihop satt sig på plastsitsarna med sina tallrikar runt bordet blev det tyst. Robert prickade några morotsskivor med gaffeln och satte den tankfullt till munnen. Karl tuggade i sig ett salladsblad innan han lassade in nästa tugga av grytan. Han la ett lagerblad åt sidan på tallrikskanten och delade en potatis mitt itu.

"Jag tänker på i våras när kriget kom till Europa", sa Jonas plötsligt.

"Man ska rå sig själv. Inte lägga sig i. Det har jag alltid sagt", sa Robert mellan två tuggor. "'We shall fight in the air, we shall fight on the beach.' Trams", sa Robert.

"Churchill?" frågade Berra. Robert nickade först och skakade sedan på huvudet. Karl sträckte sig efter vattenglaset.

"Gott, det här", sa han. "Det var gott vatten. Det var länge sedan jag drack mjölk däremot."

"Mjölk är för individer som växer. Och förresten tror jag aldrig de vinner det slaget", sa Robert och fick blickar mot sig.

"Vad ska det vara för färg på väggarna?" frågade Berra plötsligt.

"Ja?" sa Jonas och tittade mot Karl som bollade tillbaka frågan till Jonas.

"Välj du", sa han. Jonas satte upp ansiktet mot taket och såg ut att fundera en stund.

"Havsblått", sa han.

"Det blir fint", sa Karl. "Om man blandar litet grönt med det blå blir det en varm nyans", fortsatte han.

"Du låter som Roffe", sa Jonas med ett leende. Karl blev allvarlig och sneglade mot Robert som åt med koncentrerad min utan att bry sig om att kommentera det senaste.

"Om man inte bildar allianser blir det å andra sidan fritt fram för somliga att göra precis vad man vill. Det måste finnas ett motstånd. Det måste finnas ett engagemang. Det är vad jag anser", sa Karl.

"Gosse! Det är så sant", tog Berra upp tråden. "Men den önskat avskräckande effekten av alliansskapande är tydligen inte stark nog", sa han och upplevde hur det senaste blev hängande i luften utan vare sig medhåll eller opponerande.

Kapitel 23

Jonas sköt ihop vedträna längst in mot väggen i den öppna brasan. Han sträckte sig efter två till och la dem framför de andra. Karl såg Robert och följde genom fönstret hans gång när han tog långa steg längs den lilla strandkanten utanför fönstret till vardagsrummet. Hans blekgröna jacka flöt ihop i färgen med den dunkla bakgrunden. På himlen låg en sky av rött närmast horisonten när solen var i nedstigande. Karl drog ut en av plaststolarna och satte sig ner där han fick Jonas i sitt blickfång.

"Var ska ni bo någonstans om ni flyttar ihop, du och Elise?" frågade Karl och la det ena benet över det andra.

"Ropsten. Pappa gillar inte receptionister. Han säger att de är ytliga." Karl drog på munnen.

"Jag kan tänka mig det", sa han. "Vad tycker du själv?"

"Det känns helt rätt. Vi har känt varandra ganska länge. Det gör saken ännu bättre", sa Jonas och petade förstrött med gaffeln i den öppna brasan. Karl nickade mot honom och vände långsamt huvudet mot fönstret igen där han såg hur Robert som snurrade runt ett halvt varv, tittade inåt skogen och sedan vände sig om mot huset åt började gå tillbaka.

"Det gläder mig verkligen", sa Karl och stack ner händerna i byxfickorna.

"Hur uppfattade du Prysse?" frågade han och vände sig mot Jonas som tog tid på sig att tänka efter.

"Eventuellt litet stel, hemlighetsfull men väldigt besluten", sa han och fortsatte peta bland vedträna när han tystnat. Karl hummade till svar. Dörren mot baksidan öppnades. Sedan dröjde det inte länge förrän steg hördes i trappan. Robert dök upp strax efter och stannade till på parkettgolvet när han nått det översta trappsteget och bara tagit några steg till.

"Är ni trötta?" frågade han.

"Nej, inte farligt", svarade Karl. Jonas skakade på huvudet från sin plats borta på golvet med överkroppen vänd mot honom.

"Vad bra då", sa Robert och travade in i rummet med skorna på. "För då är det snart dags att röra på sig, om vi ska kunna reda ut hela soppan." Karl tittade på sin armbandsklocka som visade på en kvart i elva.

"Ja", sa han. "Det är hög tid. Stäng till spjället bara, så går det bra", sa han och tittade bort mot Jonas som bekräftade hans blick.

Karl drog åt sig skorna som låg slängda bakom soffan, drog en tunn halsduk om halsen, hängde på sig jackan och gick fram till sovrumsdörren och knackade på.

"Berra", sa han och väntade.

"Ja, jag kommer. Gosse, vad glad jag är att jag fick de här fakturorna ivägskickade i kväll", hördes det inifrån rummet innan dörren strax öppnades och Berra stod i dörröppningen med glasögonen i handen och med fingrarna som löpte längsmed näsroten. Han blundade. "Vi gör som ni säger", sa han igen, öppnade ögonen och satte glasögonen på plats igen. Han drog kort därpå ner den svarta, tunna mössan på huvudet innan han drog åt sig jackan som låg hopvikt i hans egen ände av soffan. Sedan föste han undan ärmen på jackan, tittade på klockan och nickade bekräftande. Jonas kom på benen bortifrån rummet med eldstaden och kastade ett hastigt öga mot Robert när han närmade sig de andra.

"Det är exakt nu", sa Karl med blicken åter på sin egen armbandsklocka, "Som du säger att du ska ut och parkera bilen i skjulet", sa han när han fortsatt meningen, och tog några steg framåt i riktningen mot trappen.

Den nyss röda solnedgången hade försvunnit ner under horisonten. Vinden var svag och låg på från väst. Gräsmattan var torr, och kanterna av den där skogen började var dunkla. Det hördes ett svagt prassel från löven som satt kvar på träden längre bort. När Karl tittade upp la han märke till hur stjärnklart det var. Robert hade redan nått en bit före de andra. Han vände sig hastigt om.

"För att göra ett osannolikt indicium mera troligt, föreslår jag att vi skyndar oss. Vi har exakt nio minuter på oss", sa han.

"Gosse! Koppla av, du. Det är ingen som på allvar tror att det var du", sa Berra och satte av efter Robert.

"Jag småspringer ner för slänten", sa Robert och började röra sig snabbare. Han vände sig en gång bakåt mot de andra och fortsatte sedan småspringa. Jonas var efter i samma takt.

"Är du inte orolig för att någon av oss ska se dig nu från fönstret?" ropade Karl till honom.

"Jo, naturligtvis", sa Robert. "Men om jag skyndar på…", sa han och småsprang fram. "Jag vet att han ska vara här, Prysse. Han vet emellertid inte att jag är på väg. Han kanske väntar på någon annan eller inte på någon alls."

"Så måste det kanske vara", sa Jonas och höjde farten i stegen. Karl joggade nedför slänten och undvek att trampa på de största grästuvorna. Robert hade hunnit tio meter längre bort. När sanden tog över kände Karl hur stegen blev aningen tyngre. Sanden skvätte omkring hans skor där han tog sig fram. Berra gick i snabb gångtakt och fick se avståndet mellan honom och de övriga öka för varje meter de andra gick. Karl vände sig hastigt om och såg mot hans långa gestalt när han släntrade ner från gräset till delen där sanden tog vid. Bruset från vågorna både syntes och hördes högre nu. Robert hade tagit in alldeles vid trädgränsen på hans vänstra sida.

"Det är bra", ropade Berra som såg efter honom. "Nu ser man dig knappt där du kommer ångande." Robert sträckte upp en hand i luften för att visa att han hört Berra. Karl tittade mot träddungen längst bort åt höger där stigen mot berget med platån började. Växtligheten med buskar och de nakna trädstammarna höjde sig som en siluett mot natthimlen.

"Det har gått exakt en minut och femtiofem sekunder sedan vi lämnade huset", ropade han högt. Jonas såg åt hans håll och tittade mot Roberts gestalt som hukande sprang längs trädgränsen. Det var inte långt kvar till sänkan där den finare sanden tog vid. Gummibåten låg som en skugga, fortfarande alldeles i närheten av vattenbrynet. Karl kunde från sin plats höra Berras flåsande andetag bakom sig. När han vände sig om såg han att han hade saktat ner en aning men nu behållit avståndet bakom dem. Robert saktade av etappvis och stannade plötsligt upp en kort stund senare. Han vände sig om och tittade mot de andra. Karl kunde se hur han andades.

"Nu förstår jag inte hur Prysse inte skulle kunna lägga märke...", började han och tog några andetag, "Till mig när jag kommer störtande nära träden och dyker upp alldeles nära", sa han och pustade.

"Han kanske blev glad att se dig. Du förlorar tid nu när du snackar", skojade Berra en bit bakom som hade hört vad han hade sagt.

"Det har nu gått tre minuter", sa Karl och dök upp inte långt från Robert. "Båten ligger där ute. Du ser den, tittar dig omkring, och plockar upp närmaste sten", sa han. "Sedan närmar du dig honom när han står med ryggen mot dig."

"Vad pysslar han med då?" frågade Robert.

"Han har fullt fokus på båten", sa Karl. "Eller han kollar någonting i jackfickan."

"Då har jag en möjlighet alltså", sa Robert igen.

"Jag skulle tro det", svarade Karl och stannade upp alldeles bredvid honom. Han blickade ut mot båten som låg för ankar. "Dessutom blåser det, och brusar. Han hör dig inte", fortsatte han.

"Bra, konstapeln", sa Jonas som dykt upp bredvid. "Så långt hänger man väl med", la han till och drog upp dragkedjan hela vägen upp i halsen.

"Tre och femtio", sa Karl och släppte blicken från armbandsklockan.

"Jag slår till nu", sa Robert och gjorde en gest med armen mot en inbillad figur i mörkret.

"Det såg ut att bli fullträff", sa Jonas. Berra hade hunnit upp de övriga och närmade sig stånkande och flåsande bakom dem.

"Vad ska det här vara bra för? Gosse, vilken soppa, vilken röra", sa han. Jonas drog som hastigast på munnen.

"Nu har jag slagit till", sa Robert och sänkte armen långsamt. "Han stod vänd utåt vattnet, så han såg mig inte."

"Han har inte sett något, men han har förmodligen hört något för du fick bråttom. Det var ingen fullträff", sa Karl. Robert tittade på honom med en kort blick. "Han har fallit, precis som vi hittade honom", fortsatte Karl. "Han ligger med huvudet nedåt mot vattnet. Du står nu precis där du stod då", sa Karl och fick en ny blick av Robert. Något hastigare framkastat mot honom den här gången.

"Det var som tusan", sa Berra. "Jag känner redan hur kallt det har blivit."

"Fyra och femtiofem", sa Karl. "Fyra minuter kvar."

"Då slänger jag stenen så långt jag kan", sa Robert och gjorde en rörelse med armen som skulle föreställa en sving utåt vattnet. "Vi får låtsas att det plumsar en bit ut där", sa han och pekade.

"Fem och tio. Nu är det bråttom!" sa Karl.

"Jag sticker! Jag hinner! Jag har fyra minuter på mig att springa upp, öppna skjulet som inte är låst, sätta mig i bilen och parkera den, stänga dörrarna och närma mig ingången. Vad sa du att klockan var då?" frågade Robert och vände sig med vild uppsyn mot Karl.

"Elva noll fyra", svarade Karl. "Det var då jag hörde att du tog i handtaget till dörren och stapplade in. Det lät så. Du stapplade in", sa han och gjorde en min. Robert tittade mot honom.

"Jag har ingen lust", sa han. "Jag har fått nog av det här."

"Jag tycker att det blåser riktigt kallt", sa Berra och fick någonting som hade vaknat i blicken.

"Jag tror dessutom någonting annat", sa Karl med blicken riktad ner i sanden där den livlösa kroppen tidigare legat. "Jag tror inte han var på väg att föra upp handen mot huvudet när han fått det andra slaget. Det var inte därför sanden var förd i en viss riktning med märkena som fanns. Han var beväpnad", avslutade Karl sin tankegång. Robert svalde och fixerade honom med blicken.

"Det var ju en slutledning som heter duga", sa han och såg mot Jonas för ett ögonblick. Karl såg ut att vänta på något.

"Jag menar det faktiskt på fullaste allvar", insisterade Karl.

"Men det är ju fantastiskt", sa Robert.

"Ja, verkligen. Särskilt med tanke på att det inte finns så särskilt många ställen i huset där du kan ha den gömd", sa Karl trotsigt.

"Du har överlagt med dig själv en längre stund innan du bestämt dig för att kasta fram det här, men det gör det inte mera sant", svarade Robert och vände blicken från Karl.

"Tänk att, det är något fel", sa Berra och stirrade utåt vattnet med ett koncentrerat uttryck i ansiktet. "Jag har tittat en stund…". Karl vände sig om mot honom.

"Vad är det som är fel?" frågade han.

"Jag tyckte jag såg någonting", sa Berra och höjde och sänkte armen i en vag rörelse. Allihop följde de hans blick över vattenytan ända bort mot båten därute.

"Jag ser det också", sa Jonas, kastade en prövande blick mot Berra och nickade utåt mot vågorna. Karl vände sig åt det håll han gjort gesten.

"Jag tror ta mig tusan det lyser på båten", sa Berra. Karl spände blicken.

"Det skulle vara omöjligt", sa han och tog några steg åt sidan.

"Jag skulle kunna svära på saken", sa Berra otåligt.

"Ja, jag ser det. Visst lyser det. Det är en lampa i fönstret längst fram i fören i kajutan", sa Jonas och nickade bestämt.

"Det skulle ju bara vara det som fattades", sa Robert och tittade med frågande blick ut över vågorna. Det som mötte Karls öga när han blickade ut över det mörka vattnet mot båten som sakta följde rörelserna från vågorna förvånade honom. I den lilla gluggen närmast fören hade ett ljus synts under den halva minut som han stått och tittat blick stilla. Några gånger var det som om ljuspunkten hade försvunnit eller åtminstone förändrats under ett par sekunder. Han tittade upp mot den stjärnklara himlen och funderade.

"Det är inte någon synvilla. Det finns ingen dimma", sa han. "Det kan bara betyda en sak", fortsatte han. "Det är någon ombord. Någon som eventuellt rör sig och då och då skymmer ljuset från lampan."

Kapitel 24

"Man känner sig aldrig så glad som när man får komma in i värmen när man har varit ute i snålblåsten", sa Berra och gnuggade händerna.

"Det är så sant som du för fram det", sa Robert och steg på alldeles bakom honom. "Och nu är klockan tjugo över elva", fortsatte han medan han samtidigt svängde av sig jackan och slängde den på en av plaststolarna i vardagsrummet. Karl lämnade det översta trappsteget och snurrade med ett frånvarande uttryck i ögonen av sig halsduken och la den ovanpå byrån alldeles bredvid.

"Vilket är värst?" sa han. "Att gå bet på något som man har på kornet eller att stå frågvis inför något helt främmande?"

"Jag tror att du bäst själv kan svara på den saken", sa Robert som lämnat vardagsrummet och svepte förbi honom på väg in i köket. Karl gick sakta fram och ställde sig och tittade ut genom fönstret mot stranden långt därnere. Konturerna av båten flöt ihop med det mörka i vattnet så att ingen del av den syntes. Han drog efter andan och släppte fram en tyst suck.

"Rent objektivt tror jag inte att det skulle vara omöjligt", sa Berra.

"Vilket då?" hördes Roberts röst från köket.

"Inget av det. Varken din inblandning i saken med Prysse eller ljuset i båten."

"Vad ska jag säga om det?" frågade Robert.

"Antingen måste vi säga sanningen till den franska polisen eller också måste vi alla dra samma historia. Det är fyra av oss. Gosse!" fortsatte Berra sin utläggning.

"Karl?" Jonas hade vänt sig till Karl med sin undran och såg fundersam ut.

"Hade jag inte varit den jag är hade vi kunnat dra till med att det tog tre minuter", sa Karl och mötte Berras blick.

"När den fastställda tidpunkten för dödsfallet kommer fram kan det visa på något annat", sa Robert.

"Här brinner lågan fortfarande", sa Berra som närmat sig vardagsrummet bredvid och tittat mot eldstaden. "Skönt med litet värme", la han till.

Robert som stökat i köket en stund och vars rörelser hade saktat ner litet kastade ett öga mot soffan när han med långsamma steg och bärande på ett fat närmade sig rummet där Berra stod.

"Jag sitter här ett slag", sa han. "Jag tycker också att det känns ruggigt ikväll." Han satte ner fatet på bordet och följdes i rörelserna av Berra som såg på honom med en besynnerlig min men gjorde en uppskattande gest åt det som han hade lagt upp.

"Är det kvällsmackan?" frågade han.

"Ja, det räcker åt alla", svarade Robert utan att titta upp.

"Perfekt", sa Jonas. Robert gick efter brödet och kom tillbaka kort senare och slog sig ner.

"Då väntar vi bara på le gendarme français", sa han och tog en rejäl tugga och lät salladsbladet och saltgurkan krasa i munnen. Karl kastade ett snabbt öga mot honom och började ta för sig av smörgåspålägget efter att först ha brett mackan med smör.

"Litet starkt te skulle vara gott", sa han.

"Innehåller hälften så mycket koffein som kaffe gör", replikerade Robert mitt i tuggandet.

"Jag kokar te till oss allihop", sa Karl och gick mot köket. "Det skulle vara gott." Karl lutade sig med huvudet för ett kort ögonblick mot en av skåpluckorna medan han väntade på att tevattnet skulle koka upp. Utanför köksfönstret var det alldeles vindstilla. Det gick några minuter. Sedan tog han tekannan och ett underlägg och satte ner den på klaffbordet.

"Det ska nog dra en aning först", sa han utan att veta om någon hade hört honom. Jonas lyfte tekannan och hällde upp te i sin mugg. Sedan smuttade han och blåste på det medan han tog för sig av smörgåsen.

"Om jag orkar skulle jag kunna tänka mig att börja med målandet redan ikväll", sa han. Robert försökte le mot honom men sa ingenting.

"Det är verkligen jättebussigt av dig", sa Karl och såg på honom med en uppskattande blick.

"Två kulörer, penslar och tejp. Vi köpte allting i dag", fortsatte Jonas. Karl log skevt.

"Det är alldeles vindstilla", sa Karl och tittade ut genom vardagsrumsfönstret med en dröjande blick.

"Det är bedrägligt. Det ligger en hund begraven någonstans", sa Berra och tog en rejäl bit av smörgåsen som han långsamt började tugga i sig.

"Men jag är glad för affären som gick i lås", sa han

och tog snabbt en tugga till av sin macka som han tittade på.

"Men varför skulle jag göra någonting så dumt?" undrade Robert och satte tänderna i nästa tugga och tittade upp.

"Många gör det som de måste. I det här fallet blir jag osäker", sa Karl och smuttade från kanten av tekoppen.

"Som sagt, jag tycker inte om allianser", sa Robert kort.

"I morgon skulle vi ha åkt hem om allt varit som det var tänkt", sa Berra.

"Det blir aldrig som man tänker sig. Inte ens för mig", sa Jonas och drog en hand genom håret.

"Det är ingen dålig båt han har, du", sa Robert och vände sig mot Jonas.

"Nej, den är verkligen jättefin. Robust och pålitlig", svarade Jonas. Robert reste sig, tog sin tekopp och gick fram till fönstret och ställde sig och tittade ut.

"Allting går inte att förklara", sa han.

"Jag lägger på en pinne till", sa Berra plötsligt och reste sig. Han dök ner på golvet och lutade med en långsam rörelse en pinne mot de övriga. "Så får vi se om det tar sig litet till", sa han igen. Efter en stund sprakade det till i det torra träet. En låga sköt upp och drog sig uppåt skorstenens topp. Jonas hällde upp mer te åt sig och satte sig igen på plastsitsen på stolen.

"Jag tror faktiskt jag ska göra det. Måla", sa han.

Kapitel 25

Karl ryckte till med huvudet en aning där han låg. Det kändes varmt inuti sovsäcken på skumgummimadrassen. När tanken klarnade minut för minut blev han mer och mer övertygad om att han måste ha vaknat därför att någonting hade hörts. Någonting som hade nått hans öra, skapat en oro i hans drömlika tillstånd och manat fram den vakenhet som nu började ta honom i besittning. Han vred sig ett halvt varv. Det kändes på en gång skönare att ligga på andra sidan. I sin vinkel med blicken mot fönstret såg han den stjärnklara natten. Ett svagt svepande och strävt ljud nådde nu hans öra. Han vred sig tillbaka åt andra hållet och kunde om han höjde huvudet bakåt se en bit av verandadörren i det angränsande rummet. Kanske var det därifrån det hade kommit. Det hade nog varit mer av en smäll. När han satte sig upp följde hela sovsäcken med runtom hans kropp. Han drog sakta ner blixtlåset i den. Han fick böja benen för att helt kunna frigöra sig från den omslutande puppan. När han stod på golvet kändes det kallt. Byxorna låg på en av plaststolarna. Tröjan hängde över ryggstödet. Strumporna likaså. Hans gympadojor stod nedanför. Han drog med naglarna i hårbottnen. Kontakterna med Emilia hade varit sporadiska och intetsägande. För att inte säga hemlighetsfulla. Återigen gnagde det dåliga samvetet. Det klickade till i knappen till belysningen inne på toaletten. Det blev så ljust att han inte kunde se sig i spegeln. Sedan släckte han igen och gick ut. Spolningen sköljde fram och avtog med ett väsande ljud innan toaletten helt tystnade. Han drack vatten och tog ett par chips från en påse som låg på soffbordet. Skinnet på soffan var i kallaste laget. Det slamrade till igen. Han anade sig till var det var. Trappan knarrade på samma ställe som förväntat. Dörren till badrummet var stängd. Det hördes någonting innanför. Någon visslade svagt. När han var framme utanför dörren knackade han på. Då blev det helt tyst. Sedan öppnades dörren. Jonas hade gasmask på sig och såg trött ut under ögonen. Han vinkade litet med handen åt Karl att komma in. Han steg på och tittade runt över väggarna och ner på badkaret med lejontassarna. Golvet var rutigt i svart och vitt. Väggarna hade fått den tilltalande grönblå, turkosa och medelhavsliknande färgen. Förmodligen liknande den som havet visade upp under stekheta sommardagar. Det var vackert. Med förundran snurrade han långsamt runt iakttagen av Jonas som stannat upp med redskapen i handen. Jonas vinkade mot honom med handen när Karl låtit de första intrycken sjunka in.

De slog sig ner i soffan uppe i rummet. Jonas drog på sig en tjock tröja och lutade sig bakåt mot ryggstödet.

"Själv är jag nöjd. Det ska torka. Tejpen närmast taket ska bort. Och det ska städas undan. Sedan är allting klart", sa han och drack klunkar ur en plastflaska.

"Jag måste säga att det har blivit väldigt fint", sa Karl beundrande. "Jag vet inte hur jag ska kunna tacka dig för det här", sa han litet lägre i en viskande ton.

"Det behövs inte alls", sa Jonas svagt. "Det var bara trevligt. Grabben är ju full av energi och behöver röra på sig. Så sa ju farsan", sa han och log. Karl log tillbaka och reste sig och gick till verandafönstret och rörde blicken långsamt över landskapet utanför. Det var fortfarande mörkt.

"Jag kan inte lämna tankarna på det här", sa han. "Jag måste ut till båten." Han vände sig om. "Har du lust att hänga med?" undrade han. Jonas dröjde ett kort ögonblick. Sedan nickade han mot honom.

"Skönt med frisk luft", sa Jonas och drog upp dragkedjan på jackan i halsen. Karl travade på bredvid honom.

"Det blåser en aning", sa han. Natthimlen var större och väldigare än den sett ut när han stått bakom glaset i rummet med sofforna. De hade låst dörren och tagit med sig en ficklampa.

"Det är inte precis varje dag man har ett sådant här äventyr", sa Jonas.

"Du behöver verkligen inte ställa upp om du inte vill", svarade Karl.

"Det är klart jag vill", sa Jonas och steg ner i sanden som tog vid efter grässlänten.

"Jag måste bara få någon klarhet", fortsatte Karl.

"Jag kan tänka mig det", sa Jonas. Det hördes ett svagt brus från det mörka havet. Det vita i segelbåten började tona fram bland vågorna som rörde sig. Annars låg den stilla. Den bara gungade svagt från sida till sida. Gummibåten var fäst i en kedja kring ett träd. När låset var öppet lät Karl kedjan falla ner på botten av båten. Det rasslade när den föll ihop och la sig.

"Jag ror", sa Karl.

När de hade kommit ut en bit kändes vinden ännu kyligare. Det var svårt att skilja de mörka trädens konturer från det dunkla vattnet. Nu kände han sig helt vaken. Fast på ett bryskt sätt. Han tyckte att han kunde se Orion högt däruppe. Den blinkade till i sin formation. Han såg hastigt på Jonas. Han såg ut att tänka på något medan han gungade med i båtens rörelser. Han var spänd i ansiktet. Karl saktade in och vände långsamt på halva kroppen. Medan han höll fast sig i sidan av segelbåten andades han. Han satt så en stund. Jonas var orörlig på sin plats.

"Vänta här", sa Karl och tog sats att kliva över till den stora båten.

"Jag väntar", svarade Jonas kort.

"Tack", sa Karl. Han stod med vinden runtom sig i den lilla nedsänkningen framför dörren till kajutan och avvaktade under en stund. Han tittade ut åt andra hållet mot det mörka havet. Det var därifrån det blåste. Det gjorde ont i huvudet. Öronen var kalla. Han öppnade försiktigt trädörren och lyssnade inåt. Det hördes ingenting. Eller också var det bruset som överröstade ljudet. Han stängde den efter sig för att bättre kunna koncentrera sig. Han tittade runt. Ljuset kom in genom gluggarna. De var ganska många till antalet. Sakerna låg fortfarande utspridda. Precis som de hade gjort förra gånger. Han hittade en ljusknapp längst framme i det lilla utrymmet. Han använde den inte. I mörkret snurrade han runt. Han öppnade fack i panelen som sträckte sig längsmed väggarna. Han synade allt han plockade upp och vred på. Han tittade ut igen. Det fanns ytterligare en resväska. Den hade flera fack. Fler än den förra. Han lät fingrarna löpa utmed tyget på utsidan. Det var buckligt på en del ställen. Han drog försiktigt i dragkedjan. Den största av dem. Innehållet var mjukt men hårt samtidigt. Som stengrus när han tryckte med fingrarna utanpå påsen. Han drog i snörena. Innehållet lyste mot honom. Han blev överraskad. För att inte säga andlös. Diamanterna var vita och många till antalet. Somliga mindre än andra. Han kände på dem med bara fingrarna. Lät dem rinna mellan fingertopparna på honom inuti påsen. Den var dunkelt blå. Han drog ihop snöret som satt överst och lät påsen gå ner i jackfickan. Han plockade upp kortet som låg bredvid och synade det på fram- och baksida. Hän läste namnet. Ett franskt namn. När han kom ut andades han stående stilla en stund. Han tittade ner mot den plats där han klivit upp och där Jonas skulle sitta kvar i gummibåten. Det var tomt. Hans blick mötte ett svart vatten med vågor som höjde och sänkte sig. Han svalde och såg sig omkring. Han kupade handen för ögonen, spände blicken och tittade inåt land. Nej. Inte där heller. Inte så vitt han kunde se. Det var ett slag. Som ett slag i ansiktet. Denna gång av en mer abstrakt art. Hur kunde han? Hur kunde han vara så dum? Utpumpad, dyngsur och med kramp skulle han få ta sig in till land. Vad som där skulle möta honom ville han inte tänka på. Om han ens skulle klara det. Kanske skulle han försvinna i det mörka. Desperat såg han sig åt alla håll. Han skrek inte. Han hade inga fler tankar. Han snurrade runt och balanserade på däck runt kajutan mot fören. Han höll i sig och kände samtidigt de isande vindarna runt huvudet och i ögonen som tårades. Han gick tillbaka. Med fötterna i sänkan utanför dörren tittade han åt andra hållet. Han lutade sig över staketet. Det hade svagt kluckat till i vattnet. Kanten på gummibåten föll in i hans synfält. Han tog ett andetag. Vågade knappt tänka. Knappt se. Han lutade sig längre fram. Nu kunde han se någonting. Han såg hans jacka. Han såg halva hans kropp. Det var hans skor och hans byxor. Han var ensam. Han låg lutat inåt båtkanten. Det var Jonas. Långsamt rörde han på sig. Karl stirrade ner i mörkret. Jonas böjde på huvudet. Han såg upp mot Karl. Han hade stela anletsdrag.

"Jonas?" Karl tittade mot honom. "Är du där?"

"Jag är här. Jag är här. Skulle bara kolla Justina I. Namnet sitter här på den här sidan. Det verkar äkta." Karl log svagt i mörkret.

"Får jag komma i?" undrade han.

"Gör det, konstapeln", sa Jonas och bet ihop läpparna av kylan. "Hittade du någonting?"

"Eventuellt", sa Karl och satte ner en fot i taget i båten. Han satte sig till rätta och tog tag i årorna och paddlade runt båten tillbaka till den andra sidan. Där syntes stranden svagt där vågorna slutade. Han rodde under tystnad. Jonas skakade av frossa och såg sammanbiten ut.

"Nu är det bara en kort bit kvar", sa Karl när han anade land bakom Jonas rygg. "Jag ser att det är nära."

Kapitel 26

När han vaknade var det tyst runt omkring honom. Solljuset flödade in på ett sätt som han inte sett förut. När han tittade ut genom fönstret från det tomma köket mot baksidan där bilarna brukade stå såg han bara sin egen. De måste ha vaknat och gett sig av någonstans. Han tittade på klockan. Det var sent. Han klädde sig ordentligt och drack varmt te och åt sina smörgåsar ensam sittande på plaststolen i stora rummet. Han tänkte på gårdagen. Han tänkte på händelsen under natten. Han såg synen framför sig av teburken alldeles nyss som Brick lämnat kvar i ett av köksskåpen. Den stod bakom den andra. Han undrade om den var tom. Han tog den sista teslunken stående och drog sig mot köket. När han kom tillbaka till rummet sträckte han in en hand i sovsäcken. Det som låg inuti påsen blänkte till som aldrig förr i solskenet. Han hällde över dem i burken och såg sig omkring i rummet. Han tittade mot eldstaden. Trasmattan som Robert legat på när han gjorde den kvalitetsmässiga kontrollen av eldstaden låg prydligt hoprullad vid väggen. Han drog fram mattan och la den till rätta på golvet framför. Sedan tittade han upp och tog beslutet att få undan det hela tills vidare.

Solen hade legat på den ena sidan av hans huvud och värmt. Han steg ur bilen och slog igen dörren. Sedan gick han över den tomma parkeringen och kisade mot butiksfönstret. Han nickade mot butiksinnehavaren vi disken och drog genom lokalen till den bortre änden där telefonen fanns. Därifrån kunde han kika ut över parkeringen. Han väntade på ton och signal. Därefter skulle han slå numret och få vänta ytterligare en stund innan någon svarade i andra änden.

"Bra att du hörde av dig", sa Brick. "Jag har försökt jobba litet här men jag har upptäckt hur svårt det är", fortsatte han.

"Du, en Jacques Dufort, säger det dig någonting?" undrade Karl och tryckte luren mot örat. Från sin plats bakom skyltfönstret kunde han nästan höra, och för sin inre syn se när Brick tänkte, tittade på sin tulpantavla och trummade med fingertopparna mot bordsskivan.

"Nej jag är ledsen. Vem skulle det vara, menar du?" sa han.

"Hur ska jag säga det här? I samband med Pryssemanks död kunde vi inte undgå att lägga märke till en segelbåt som legat ankrad några dagar en bit ifrån land. Vi har varit ombord", sa Karl och gjorde en konstpaus.

"Det menar du inte?"

"I går natt var jag där för andra gången eftersom vi allihop såg en lampa vara tänd i hytten."

"Vad kan det vara för en båt då?" sa Brick och andades i luren.

"Ja, håll i dig nu. Det är Viktors båt. Viktor i gruppen. ID-kortet till Dufort låg i en väska med dragkedja. Har du lust…?"

"Självklart. Det behöver ju knappt sägas. Kan du bokstavera namnet?" Karl tittade i taket och uttalade bokstäverna, en i taget, för Brick som tycktes skriva ner dem i ett block framför sig. "Vi utgår ifrån det här", fortsatte han. "Hur känns det att ha semester då?" frågade han. Karl kikade ut genom de tryckta bokstäverna på den stora rutan.

"Jo då. Det går väl ett tag till. Blir det inte olidligare än så här så…", sa han.

"Ring mig tillbaka om ett par dagar så ska jag lämna besked", hörde han Brick säga.

När Karl kom ut på parkeringen stannade han till och uppehöll sig i tankarna. Han snodde runt med tungan i munnen och jagade någonting som fastnat mellan tänderna medan han funderade. Sedan svängde han kort senare ut från parkeringen och satte av mot kusten åt ett annat håll. Han satte på radion, lyssnade några sekunder och stängde sedan av den igen. Han tittade mot den låga bebyggelsen på hans vänstra sida. Ett par grisar stod stilla med trynena mot marken. Svansarna viftade på dem och öronen rörde sig. De såg förhållandevis feta och välmående ut. Han kastade ett snabbt öga åt andra hållet. Den stora grässlänten var grå och lerig men badade i solljus. Bortom fanns kuststräckan och det blå havet. Han följde varsamt med i svängarna som vägen krökte sig. Värmen på sidan av huvudet var tillbaka. Han tänkte på de turkosa väggarna i det nyrenoverade badrummet. Det skulle Emilia gilla. Han tänkte på Berras jordnära och uppsluppna uppenbarelse under de dagar som gått. På Jonas och på Robert. Tepåsarna, klaffbordet, plaststolarna där de nu suttit och intagit sina måltider under ett par dagar. Den omålade och slitna verandan med lampan som kunde tändas kvällstid. Jonas bleka ansiktsuttryck under natten. Karls egna intryck av saker och hans ansvar. Och nu denna sak som han var ensam om att känna till.

Han närmade sig bergen. De höjde sig bortöver vägen som sluttade svagt uppför. Han svängde höger för att följa kustremsan en bit till. Han kunde inte påstå att han kände igen sig. Så här långt i väg hade han inte varit förut. Det var glest mellan husen. När han tittade ut åt höger såg han en lastbil som stod på en åker. Staketen var målade i blått. Han gjorde en sväng så att han skulle komma tillbaka åt det håll han nyss kommit ifrån fast köra längs en annan väg. Bilen hade taklucka. Han tittade som hastigast upp mot den klarblå himmelen ett par gånger när han svängde fram. När han kom tillbaka till det lilla samhället vid den norra kusten kände han igen sig. En halvtimme senare svängde han in på grusvägen och parkerade på den torra grässlänten bakom huset. När han slog igen dörren till bilen hörde han havet en bit ner. Segelbåten låg på sin plats precis utanför viken. Ensam på det stora havet. Någonstans där ute fanns en hemlighet. Han skulle försöka ta reda på vad den hemligheten var.

Kapitel 27

Handtaget på trädörren med glasrutan gick ner. Det small till på ett icke uppseendeväckande sätt när den gick igen bakom ryggen. Den fransiga heltäckningsmattan drog sig korridoren fram och dämpade stegen. Inne på rummet flödade ett sällsynt solsken genom persiennerna som var horisontellt vinklade. Inkorgen på mejlen var fullspäckad av sådant som kommit efter arbetstid under gårdagen och under den senaste timmen nu på morgonen. Från ett inte helt platt papper som låg på bordet löpte en lång skugga som sträckte sig från ena hörnet och som låg över en stor del av bordsskivan. Pappmuggen med kaffet hamnade på en oväntad plats. Där skulle det om sysslorna hopade sig till äventyrs kunna förbli orört och bortglömt. Men det fanns värre saker. Programmet med affärssystemet drog i gång och krävde sin inloggning. Tre fakturor hade skickats under de senaste dagarna. Nu skulle de bokas rätt. En ny kund skulle läggas in i systemet genom en ansenlig mängd uppgifter som skulle fyllas i och bekräftas. Skuggan från papperet på bordet hade efter ett tag flyttat på sig. Även pappmuggen med kaffe hade det smuttats på mellan inmatningarna i systemet.

Två och en halv timme senare stängde hon ner programmet och öppnade dörren. Det var alldeles tyst. Längre ner satt Elise och filade naglarna. Det skrapande ljudet nådde Emilias öron.

"Ska jag köpa en fruktsmoothie åt dig?" frågade hon sedan hon hade nickat mot henne. Elise tittade upp och log.

"Jättegärna. Vi kan nog sätta oss i fåtöljgruppen en stund. Jag hör om någon travar in", svarade hon. Emilia tog trapporna ner till våningen under där hon visste att det fanns ett kafé i anslutning till det större företaget som huserade där. När hon kom in hördes knattret från tangentbordet en bit bort. Hon ställde sig och spanade i montern med kaffebröd och plastglas, försänkta i behållare med iskuber i. När hon kom upp till rummet med fåtöljgruppen satte hon ner fatet med de två croissanterna med chokladöverdrag, en kopp kaffe och en fruktdrink på bordet. En låt med ett känt diskoband från 70-talet skvalade ur radion som stod i ett hörn. Elise tackade och sträckte sig fram och plockade upp den ena av de två godsakerna på fatet.

"Du har bra smak", sa hon och plirade mot Emilia.

"Tack", sa Emilia och sträckte ut handen över bordet. Sjalen med det paisleymönstrade motivet i färgerna beige och aprikos ramlade ner från axeln när hon plockade upp bakverket från fatet. "Vad fint väder det blev. Jag tycker solen värmer från fönstret", fortsatte hon och satte i sig en tugga av det sega brödet. Litet stelnat chokladöverdrag ramlade ner på bordet där det blev liggande.

"Ja, synd bara att solen går ner så tidigt den här tiden. Vartannat år skulle jag gärna ha sommar året runt. Tänk om man hade det så att man kunde åka mellan två världsdelar så att man fick ha det varmt hela tiden."

"Ingen dålig idé", höll Emilia med om. "Har du hört någonting från Jonas?"

"Jadå. Han har varit i målartagen", sa Elise och snodde runt med sugröret i fruktdrinken innan hon slurpade i sig en lagom mängd. Sedan tittade hon ner mot glaset och såg på innehållet med en belåten min.

"Ja? Vad säger han då? Anledningen till att jag frågar är att...hur ska jag säga? Jag tror inte det blir någon semester för mig på Korsika om jag ska vara helt ärlig", sa Emilia och tog en klunk av kaffet.

"Inte? Men du hade ju bara haft två veckor under sommaren", svarade Elise och såg deltagande ut.

"Det är någonting som pågår. Men jag vill inte säga för mycket", fortsatte Emilia.

"Menar du? Jonas verkar kolugn och låter glad i sina meddelanden."

"Det var ju bra", sa Emilia och knep ihop munnen innan hon tog nästa tugga av brödet.

"Du ska se att det ordnar sig. Det blev turkost."

"Vilket då?" undrade Emilia.

"Badrummet. Badkaret är ljusblått och väggarna drar åt grönt. Nu är det bara varmvattenledningen kvar", sa Elise och skrattade till.

"Ja, just det. Det där med varmvattnet som saknades, det sa Karl någonting om", sa Emilia dröjande med något utav ett leende. "Men han håller inne med någonting annat. Det kan jag svära på. Så bra känner jag honom efter fem år tillsammans."

"Jag förstår. Jag kan ju litet fint och försynt kasta fram en fråga så får vi se vad jag får för svar. Och om vi får olika svar. Förstår du vad jag menar? Vi kan jämföra svaren som vi får." Elise såg klurig ut där hon satt och hade druckit upp nästan hela drinken ur plastglaset med sugröret. Emilia nickade gillande.

"Det skulle jag faktiskt uppskatta. Du ska ha jättetack om du…du behöver inte ta hänsyn till mig om det skulle…jag har varit med förr", sa Emilia.

"Jag förstår det. Det är ett jäkla yrke egentligen, det där polisjobbet." Emilia nickade.

"Nej, nu tror jag att jag måste fortsätta jobba", fortsatte hon och började resa sig ur fåtöljen. "Jag håller på och stickar fingervantar till vintern. Någonting måste man väl göra medan man väntar i receptionen. Tänk att jag är förlovad med en kille som inte kan simma, på tal om ingenting", sa hon och tittade på Emilia. "Är det inte konstigt?" Emilia höjde på ögonbrynen.

"Jaså?" sa hon. "Det var litet annorlunda."

Kapitel 28

Golvet i korridoren låg som en blank isbana och ekade när stegen togs ut. Knackningen på dörren hördes ett ögonblick senare. Innanför var det som om det var någonting som inte kändes helt rätt. Någonting var det som inte stämde. Om det var den gräsligt uppseendeväckande tavlan över besöksstolen som var det mest irriterande eller om det var det avvaktande kroppsspråket hos den som stod vid fönstret kunde hon inte riktigt sätta fingret på. När hon slagit sig ner kändes det som att sjunka ner i en tunna med benen hängande utanpå. Hon lät blicken följa från den ena sidan av skrivbordet till den andra. Hans glasögon låg uppfläkta upp och ner nära kanten. Solen lyste genom den svagt beige skalmen och kastade sin färg på bordsskivan.

"Ja?" sa hon. "Du ville prata med mig."

"Ja, just det." Han svängde runt och tittade hastigt på henne utan att möta hennes blick. Sedan sökte han i sitt minne med huvudet något bakåtlutat medan han långsamt närmade sig stolen som han satte sig i. Han sög på läpparna och smackade omedvetet.

"Jacques Dufort", kastade han fram. "En internationellt efterlyst kriminell person med smak för jetset-liv, snabba bilar och hemlighetsmakeri. Driver egen spelverksamhet på franska sydkusten. Pendlar mellan Italien och Frankrike. Har på senare år haft en dragning åt någonting som mest skulle kunna liknas vid maffiametoder i tillvägagångssättet. Farlig. Beskyddarverksamhet. Iskalla metoder och hänsynslöshet. Också koppling till Sverige."

"Det låter allvarligt", sa Sofia och korsade benen i en ställning där den ena foten hängde dinglande i luften. Hon hade fått en rynka mellan ögonbrynen. "Var kommer vi in någonstans i det hela?"

"Karl Eklund är på Korsika i ett hus som jag stod som ägare till fram tills helt nyligen då han köpte det av mig. Nu har en person som vi tidigare hört i ett fall hittats mördad på stranden. Ute i vattnet ligger en övergiven segelbåt som ägs av en bekant till den nu bortgångne. I segelbåten har Karl varit och rotat och hittat en identitetshandling. Jacques Dufort", sa Brick igen och reste sig och började röra sig sakta i rummet.

"Jag förstår", sa hon och drog en hand genom håret. "Men har man så dålig ordning på saker som man ska hålla reda på så kan jag förstå att han trillar in i sådana här saker. Han är helt enkelt sanslöst dåligt organis...". Hon tystnade. "Förlåt", sa hon snabbt och viftade till litet med handen. Brick tittade på henne.

"Vem är död?" frågade hon.

"Pryssemank, Gustav", sa han.

"Jaså?" sa hon och sökte med blicken i rummet.

"Jag tror inte att man kan lasta honom för det som han har hamnat i för tillfället." Hon nickade sakta åt hans kommentar. "Atlasgruppen har du kanske hört talas om? Höghussprängningarna för två år sedan?" Hon nickade och satte ner foten mot golvet.

"Ja, det kommer jag ihåg. Vad är det med dem?" sa hon. Brick snodde runt ett halvt varv och såg mot fönstret.

"De är de som är där i huset. Karl har upprättat en vänskap med en av dem", sa han och sökte efter glasögonen i pannan utan att hitta dem där.

"Det var däremot det sista jag trodde om honom. Han verkar inte vara den typen. Verkar hålla sig mest för sig själv." Brick nickade sakta, och hon tyckte när hon såg efter, att hon kunde se ett svagt leende som gjort en kort visit på hans läppar.

"Ja. Ett hjärta av guld", sa han och såg tankspridd ut. "Nu vill jag ta tag i det här innan det händer någonting oönskat. Jag har täta kontakter med fransk polis. Men det räcker inte. De har sitt perspektiv. Vi har våra.", fortsatte han.

"Jag förstår", sa hon och sänkte blicken i golvet. Hon tittade upp mot honom igen.

"Och du är beredd att kasta dig på första bästa plan och se saken med egna ögon?" Frågan från henne hade ställts på ett rättframt sätt.

"Du läser mina tankar", sa han. "Jag är helt enkelt tvungen."

"Ja! Då är det ingenting att snacka om. Varför sitter vi här? Jag följer med", sa hon och reste sig hastigt. Brick såg förvånat på henne som om hon sagt någonting som han aldrig haft en tanke på. När han inte sa någonting mer följde han henne med blicken när hon snabbt började röra sig mot dörren genom vilken hon förvann med en smäll och lämnade honom ensam kvar med glasögonen som han sträckte sig efter på bordet.

Kapitel 29

Det svepande ljudet av sanden som dragits in över parkettgolvet hade följt honom under den senaste timmen när han travade fram och tillbaka mellan eldstaden i vardagsrummet och dörren till verandan i det andra. Varje gång han kommit in i det bortre rummet hade blicken först landat på pinjeträden i horisonten, den lilla sandstranden precis utanför och sedan övergått till eldstaden med plåtasken gömd inuti. Han skakade på huvudet i sin ensamhet medan han försökte reda ut tankarna. Frågan var varför? Det var det som var den stora frågan. Varför skulle Robert ta livet av Prysse? Och varför skulle en internationell kriminell husera i en övergiven båt i medelhavet? Och varför var Roffe på ön? Vad hade han här att göra utan att visa upp sig? Den stora frågan han behövde ställa sig var också om allting hade ett samband? Han vaknade ur sina tankar när telefonen surrade på vardagsrumsbordet. Efter tre signaler hade han hunnit dit och satt den till sitt öra och presenterat sig. Han lyssnade till rösten som talade om vad saken gällde och som sedan gav honom besked om hur det låg till med en viss sak. När han tackat för påringningen la han ner telefonen i bordsskivan och blev stående helt stilla. Pryssemank hade avlidit tjugotre noll noll, plus minus tjugofem minuter åt vartdera hållet. Han fick den bekräftelse som han helst varit utan.

Han stod kvar på samma punkt när han hörde bildörrar smälla till utanför huset. Långsamt gick han till köket och drog upp kylskåpsdörren och sträckte sig efter flaskan med kallt vatten. När han klunkat i sig litet av det hörde han Berras röst och steg som närmade sig i trappen. Han dök upp på golvet bredvid Karl och rev sig i hårbottnen.

"Gosse, vad trevligt att se dig", sa han. "Du ska höra vad vi farit runt och tittat överallt."

"Jaså? sa Karl. "Det låter spännande." Han försökte le.

"Jajamensan. Napoleon, vet du. Han ska ha haft sin födelseort här på ön. Nu hittade vi inte den men vi hittade en massa andra saker", fortsatte han.

"Väldigt spännande", sa Karl och nickade svagt. Robert och Jonas kom upp bakom Berra som stigit fram längre ut på golvet. Roberts händer var upptagna av två tunga kassar som han bar på.

"Du skulle ha varit med, Karl", sa Jonas som kom i släptåg alldeles bakom. "Vi har avverkat en tredjedel av ön skulle jag tro", fortsatte han. Robert visslade i köket när han öppnade skafferidörren och började ösa in sakerna ur kassarna.

"Nu har vi laddat om, kan man säga", sa han. Karl såg mot Berra.

"Så ni hittade inte den exakta platsen?" frågade han. Berra skakade på huvudet.

"Nej, men vi har varit inne i katakomber, vi har ätit lunch i Bastia. Och så har vi bilat längs kusten. Jonas har fotat en hel del."

"Vad roligt! Det blir nog fina bilder", sa Karl.

"Du glömmer att säga att vi har varit på marknad", sa Robert från köket.

"Det också", sa Berra. "Hur har du det själv?" undrade han. Karl log svagt.

"Jag ska vara öppen och ärlig", började han. "Jag var också inne i stan i dag. Jag behövde handla. Medan jag var där passade jag på att ringa Brick." Robert kom ut från köket och mötte hans blick.

"Briggen!" sa han och sken upp i ett hastigt leende.

"Jag har två saker på hjärtat. Om inte fler", sa Karl igen.

"Ta det viktigaste först", sa Berra och garvade hest.

"Det blir svårt att avgöra vad som är viktigast. Det beror på hur man ser på saken", fortsatte Karl.

Robert tittade på honom. Sedan drog han sig fram till den bortre soffan därifrån han kunde se Karl där han stod. Robert satte sig ner och öppnade en öl som pyste ur korken när det klickade till i metalldelen som han dragit upp. Jonas kom fram till honom och satte ner ett glas på bordet. Robert nickade mot Jonas och började hälla upp öl i glaset.

"Ta om ni vill ha. Det finns fullt av öl i skafferiet", sa han. Jonas hämtade två till Berra och Karl och en till sig själv, och slog sig sedan ner bredvid Robert och öppnade den och hällde upp åt sig. Skummet gick ända upp till kanten och steg i en globformad skapelse som tog tid på sig att sjunka. Jonas tittade på glaset och såg sedan upp mot var och en av de andra.

"Vi har kanske också någonting att komma med", sa han och såg prövande mot Robert som nickade svagt.

"Vi får besök ikväll", fortsatte han. Karl höjde på ögonbrynen.

"Jaså?" sa han.

"Ja. Vi tar det som det kommer", svarade Robert. Karl kände en nyfikenhet stiga upp inom honom men frågade ingenting mer.

"Vad var det du hade att förtälja?" undrade Berra och satte sig i soffan mittemot Robert och Jonas.

"Vi kan ta det till maten", sa Karl och satte sig bredvid Berra.

"Ikväll ska vi ha aubergine, paprika, couscous och ost i en lasagne", sa Jonas.

"Det är jag som ska göra den", sa Robert med ett snett leende och pekade mot sig själv med tummen.

"Det ska bli gott", sa Karl och log.

"Ta rejält med hackad vitlök", sa Berra och blinkade mot Robert.

"Det ska jag göra", svarade Robert och smuttade på ölen.

Medan Robert hade stått i köket och hackat grönsaker och kokat lasagneplattor hade Karl suttit med ett korsord som han tagit med sig hemifrån. Meningen var att han skulle ha löst det på planet ner till ön men det hade inte blivit så. Där hade han bara blundat och då och då sträckt sig efter juiceglaset. Nu satt han sedan en stund på en av plaststolarna vid klaffbordet, vänd mot fönstret som han dessemellan tittade ut genom. Molnen hade dragit ihop sig under bara den senaste timmen. Nu syntes solen inte alls. Han släppte korsordet på bordet och reste sig. Sedan tog han sin jacka från en av stolsryggarna och trädde i armarna. Han tittade på klockan. Än var det inte kväll. Efter några sekunder var han nere vid dörren på baksidan. Innan han öppnade och gick ut tittade han in i badrummet. Det luktade litet starkt fortfarande. Det lilla vädringsfönstret var stängt. Men det var fint med den blänkande blå väggfärgen. Utanför tittade han åt båda hållen och även rakt fram mot den smala vägen som förde upp mot den större vägen. Han bestämde sig för att i brist på annat kika in i skjulet.

Innanför var det grått. I ett hörn stod en gammal rostig gräsklippare. Planteringsspadar och en högaffel. En metalldunk, snören på en krok och en tygkasse. Roberts hyrbil stod i mitten med lagom utrymme på vardera sida. Karl knackade förströdt med knogarna mot ena väggen. Färgen hade antagligen varit brun. Nu var den nästan odefinierbar. Det luktade svagt av bensin. Han drog sig ut genom den breda dörren som han öppnade bara så mycket så att han själv kunde slinka igenom öppningen. Sedan stängde han den och hakade på trähaken i klykan när han tyckte att han sett allt. Han drog med fingrarna över träet även på utsidan. Sedan blev han stående, förbluffad. Strax ovanför ögonhöjd var träet flisat på ett ställe. Den ljusare träfärgen syntes i hålet som blivit. Han fixerade ingröpningen med blicken. Han kände försiktigt med pekfingertoppen som stötte emot någonting metallartat och blankt. Samma känsla som på husgaveln som vätte mot pinjeträden. När han vände sig hundraåttio grader helt om hade han stranden långt därnere i blickfånget. På det sättet blev han stående en stund och lät intrycken sjunka in.

Kapitel 30

Verandadörren stod på vid gavel när han kom upp för trappan. Det doftade gott i hela huset. Han hade känt det så fort han stigit in från baksidan. Han snurrade av sig halsduken och släppte den på byrån bland en massa andra saker. Plötsligt kände han ett lugn. Ett slags beskedlig desillusion. Detta var hans och Emilias franska sommarhus. Ett hus som han blivit erbjuden att köpa och som han kastat fram som förslag till henne. De hade båda glatts åt det. Det var här de skulle tillbringa sina sommarsemestrar framöver. Det var här de skulle få den avkoppling som de längtade efter när de var lediga. Miljöombyte. Ett renoveringsobjekt med gammaldags charm och med ett ypperligt läge med utsikt över havet.

"Vad du ser fundersam ut, Karl", sa Berra som kommit och ställt sig i rummet.

"Ja. Det finns en hel del att fundera på", svarade han utan att erbjuda någon insyn i hans tankevärld. Berra drog in andan och andades ut i en suck.

"Gosse! Det ska gudarna veta att det gör", sa han och gick förbi Karl och kikade in i köket.

Robert öppnade ugnsluckan i den avstängda ugnen och lyfte traven med tallrikar som han bar in och satte ner på klaffbordet.

"Är ni hungriga nu då?" undrade han högt.

"Det ska smaka väldigt bra, eller hur, Karl?" sa Berra. Karl tog några kliv in på golvet.

"Jag kände så fort jag öppnade dörren på baksidan att det doftade gott i hela huset", sa han. Robert kom emot honom med ett leende.

"Då ska det bara vara bestick, ugnsformen och glasen, så kan vi äta när som helst", sa han och svepte in i köket igen. Jonas dök upp iförd jacka från verandan där han stått en stund och tittat på utsikten.

"Äntligen", sa han och lät jackan bli liggande slarvigt i soffan sedan han dragit ner dragkedjan och hivat den av sig.

"Det är litet pyssel med de här ugnsrätterna", sa Robert. "Förberedelser, hackande, sköljande, fördelande i formen, kokande, och så den eviga väntan på maten i ugnen." Jonas log.

"Någon gång kanske vi skulle kunna äta ute", sa han. Berra nickade till svar och satte sig på en av plaststolarna."

"Mm", sa han. "Det är inte alls omöjligt."

"Ta för er nu", sa Robert och satte ner sleven i ugnsformen på bordet. Jonas sträckte sig efter den och lassade på en portion.

"Jaha. Då började jag", sa han. Karl drog salladsskålen närmare sig och öste upp sallad på tallriken.

"Den här ser också god ut", sa han beundrande.

"Tackar. Sallad är alltid gott", sa Robert och satte ena handen bakom nacken medan han lutade sig bakåt i stolen. När formen med lasagne nått hans sida av bordet hade mer än hälften försvunnit ur den. Berra lyfte en stund därefter demonstrativt glaset efter att de satt i sig av sina portioner som de öst upp.

"Det skulle vara roligt om vi för en gångs skull kunde skåla", sa han och tittade runt på de övriga. "Det har vi aldrig gjort tidigare." Robert tittade på honom och lyfte sitt glas och lät blicken gå runt bordet. Jonas satte fingrarna runt glaset och lät dem vila där medan han tuggade ur munnen. Karl passade på att hälla upp en skvätt till åt sig själv innan han nickade mot Berra som tagit initiativet. När Berra uttryckt en skål svarade alla i kör.

"Skål!" sa Karl.

"Skål", sa Robert. Han skålade, smuttade, höjde glaset och satte ner det i bordet.

"Hoppas sanningen kommer fram!" sa Berra och satte ner sitt eget glas.

"Berätta om katakomberna!" sa Karl och lassade in nästa tugga.

"Ja", sa Berra efter en viss tvekan. "Jag vet inte om man kan kalla dem så, men det var väldigt intressant. Naturligtvis var det alldeles tomt."

"Hur då?" undrade Karl.

"Det fanns inte en käft nere i gångarna", svarade Berra snabbt. Jonas skrattade till.

"Karl kanske undrar över hur det såg ut inuti", sa han och nickade mot Karl med ett leende.

"Naturligtvis", fortsatte Berra. "Det var tomt så när som på några halvt otydliga ristningar", sa han.

"På tal om ristningar", sa Robert. "Visste ni att bokstaven ä inte fanns som runa förrän från och med åttahundratalet. Den yngre danska runraden. Dessförinnan var det bara u, a, e och ibland vokalerna." Karl tittade åt Roberts håll.

"Det hade jag ingen kännedom om", sa han.

"Men det fanns ng. Ng fanns det", sa Robert. Berra öppnade munnen för att säga något men ångrade sig. Efter en kort smutt på glaset ångrade han sig igen.

"Och läspljud", sa han och såg frågande ut.

"Och läspljud", sa Robert bekräftande. "Snacka om beständig arkivering, det där med ristningarna", la han till och fick ett gillande ögonkast av Jonas.

"Jag råkar känna till de första fem bokstäverna i det ryska alfabetet", sa Jonas och tittade mot Karl. Det är Anna, Boris, Volga, Gogol och Don", räknade han upp dem.

"Var kommer c?" frågade Karl.

"Det kommer långt ner. Ett vanligt s-ljud", svarade Jonas och fick upp en bit aubergine på gaffeln.

"Men var det inte så att i den yngre runraden så försvinner o, e, p och d?" kastade Berra fram som suttit och funderat under en stund.

"Jo, just det", sa Robert och nickade. "Ingenting är beständigt. Det var långt före jugend och nationalromantik."

"Den moderna tiden? kastade Karl fram.

"Någonting sådant, ja", sa Robert och höjde glaset igen.

"Nicke var bra på sådant där, eller hur pappa?" undrade Jonas.

"Han var väldigt bra på både arkitekturhistoria, runor och hela klabbet", sa Robert och sträckte sig efter salladsskålen med några oljeindränkta tomatskivor i som simmade på bottnen av den.

"Funkisen har man ju aldrig riktigt övergett helt", sa Karl. "Inte för att jag vet vad de kallar det numera, men stilen finns ju i en modern variant." Robert nickade bekräftande.

"Det är väl både pålitligt och ekonomiskt kan jag tänka mig. Arkitekturen i dag är bättre än vad den var på 1980-talet", sa han.

"På tal om det så var maten barockt god", sa Berra för sig själv. Robert sken upp i ett leende.

"Var lunchade ni?" frågade Karl.

"Stående vid en kiosk", sa Berra. "Vi såg en gammal Opel. En sådan där som de då sålde med det lockande budskapet om snabbgående vindrutetorkare. Väldigt trevlig var den."

"Jag förstår", sa Karl och log. "Femtiotal, möjligtvis? Och ni stod vid en kiosk och åt?" Berra nickade ivrigt.

"Just det", sa han, såg belåten ut och lutade sig bakåt i stolen och la händerna på magen. "Det var väldigt gott det här. Riktig mat, som sagt."

"Det tråkiga är att man inte längre kan meka själv. Du kan inte byta en glödlampa ens, i dag", sa Robert och skakade på huvudet med den sista tomatbiten på gaffeln som han satte till munnen.

"Det är så sant, så sant. Hur var det med dessa lampor nu igen?"

"Du menar?" Robert såg frågande ut.

"Ja, jag menar Lumen och allt det där", förtydligade Berra.

"Är det inte du som är experten?" frågade Robert retsamt tillbaka.

"Lumen jämför ljusmängden", sa Berra. "Har ni gått förbi ett skyltfönster i dag hemma utan att bli bländade och få ont i ögonen av de starka lamporna?" kastade Berra ut. Robert skakade på huvudet.

"Nej, det har plötsligt exploderat, om ni förstår vad jag menar. Det där har de också helt fått om bakfoten. Det är likadant i alla sorts apparater, cykellysen och liknande. Det är som en stor konspiration. En terror i form av ljus." Jonas skrattade åt Roberts utläggning.

"Ja, det är en hel vetenskap det där med konsumenttänkande", sa Karl efter ett par sekunder.

"Ja, verkligen. Man blir bortskrämd i stället för ditlockad", bekräftade Robert.

"Det har blivit så oändligt mer aggressivt i dag än förr", sa Berra litet uppstyltat. Robert nickade sakta. Allihop satt de sedan tysta under flera minuter efter den hastigt avverkade middagen och det intensiva samtalet. Jonas hittade efter en stund ett ensamt salladsblad i skålen som han fiskade upp och la på tallriken innan han satte det på gaffeln. Sedan tuggade han långsamt i sig det.

"Det var det", sa Berra och fingrade på besticken som han lagt ihop åt ena kanten.

"Ja, det var det", upprepade Robert. I samma stund knackade det försiktigt på ytterdörren åt baksidans håll. Robert kastade ett snabbt öga mot Berra som tittade slött tillbaka på honom.

"Det kanske är besöket som vi har väntat på", sa Robert. Berra gjorde tecken åt Jonas att inte resa sig medan Berra själv steg upp från stolen och sköt den en bit bakåt och tog sig ner för trappen till dörren. Karl lystrade sedan dörren öppnats och gått igen.

"Jag hoppas du inte har någonting emot detta?" sa Robert. "Det är ju trots allt din kåk", la han till med ett bestialiskt och självkritiskt leende. Karl skakade sakta på huvudet med en litet undrande men samtidigt lugnande min.

Mannen som följt tätt bakom Berra uppför trappan stannade till precis bakom honom och såg sig hastigt runt i rummet. Han hade något slags ljusblå jacka och jeans. Ryggsäcken krängde han av sig och släppte ner på golvet där han stod. Han for

165

med handen långsamt genom det blonda håret och lät blicken landa åt kökets håll, och mot rummet med eldstaden och sedan ner mot soffbordet där de alla suttit med sina tallrikar och precis avslutat måltiden. Sedan tittade han rakt fram och ut genom rutan mot verandan och stranden långt där nere. Lanternan vajade lätt i vinden och det hade börjat både mörkna och blåsa litet lätt.

Kapitel 31

"Vi har suttit och snackat skit", sa Berra med en skämtsam min när han tittade ut mot de andra för att få bekräftelse. Mannen bakom honom log ett hastigt leende och nickade litet lätt mot Karl.

"Jag hoppas jag inte klampar på för mycket", sa han. Karl gjorde en snabb ruskning med huvudet.

"Nej, det gör du inte. Det är bara trevligt. Kom in och sätt dig", sa Karl. Robert tittade belåtet på honom.

"Där ser du! Det var ju det jag sa!"

"Vi har nått det där stadiet under kvällen då det handlar om tilltugg och någonting att dricka, men det finns ingen mat kvar", sa Jonas beklagande.

"Nej, men det finns en burk ravioli i skafferiet, och jag kan svänga ihop en sallad åt dig om du vill", fyllde Robert i. Mannen i den ljusblå jackan skakade avvärjande på huvudet.

"Nej, tack. Jag har ätit", sa han.

"Ja, men då så", sa Robert. "Du kommer alltså in där efterrätten tar vid." Han reste sig och tog sin tallrik som han sköljde av under kranen i köket. Han ställde ner den i diskhon. Berra tog både sin och Jonas tallrikar och gjorde likadant. Sedan kom Robert tillbaka och tog Karls tallrik innan han hann protestera. Mannen i den ljusblå jackan gick sakta genom rummet och var diskret iakttagen av Karl som reste sig och fundersamt gick runt med händerna nerstoppade i byxfickorna.

"Jag såg dig på stan", kastade han fram utan att kunna hejda sig.

"Jag såg dig också", sa Roffe. "Jag kände igen dig på stilen när du steg ur bilen och gick mot butiken med livsmedel och post- och teleservice", fortsatte han. Karl nickade förstående.

"Så då vet vi det", sa han. Roffe kastade ett leende mot Karl och började dra ner dragkedjan i jackan.

"Jag tänkte att jag skulle komma över", sa han.

"Ja. Vad fick dig hit från början?" undrade Karl och fingrade med tummarna på kanten på utsidan på byxornas fickor.

"Man kan säga att jag hade lotsens roll", svarade han.

"Och mer?" envisades Karl.

"Jag kan kanske komma med någonting intressant kring händelsen med Prysse", sa Roffe.

"Jag förstår", sa Karl. "Eller, jag vet inte...menar du anledningen till att ni kom hit, eller menar du händelsen på stranden?" undrade han.

"Båda delarna", sa Roffe. Karl nickade sakta.

"Ja, det kanske är på tiden", sa han.

"Du förstår...jag har hållit mig undan av en anledning. Vi är inte ensamma här. Jag ville ge mig av först. Men jag har upptäckt hur viktig lojaliteten med gänget är."

"Vi är inte ensamma?" Karl såg nyfiket på honom.

"Jag är eventuellt den enda som vet någonting om det", sa Roffe kryptiskt och började röra sig i en halvcirkel med en koncentrerad min.

"Du får tala om vad du vet så får vi se om jag kan bekräfta det", sa Karl.

"Jaså?" Roffes förvåning var äkta. Karl nickade sakta på huvudet.

"Ja, jag har också upptäckt ett och annat", sa han. Robert kom ut från köket med en bricka i händerna.

"Nu kan ni ta för er", sa han. "Var ställer jag brickan?" sa han och såg undrande ut.

"Vi håller väl till i vardagsrummet", svarade Berra och gestikulerade med ett finger i rätt riktning. Robert travade vidare och ställde ner brickan på klaffbordet. Sedan började han ställa ut glas och skålar, jämnt fördelade över bordet.

"Här kan ni ta frukt. Grädden vet jag inte hur den smakar", fortsatte han utan att veta om någon hörde honom.

"Så du vill inte säga någonting redan nu på en gång då?" frågade Karl Roffe som tillfälligt stannat upp på golvet. Roffe sträckte ut handen mot fönsterblecket och drog sakta med den över den glatta ytan.

"Det var där nere", sa han och gjorde en nick utåt över verandastaketet bortåt stranden.

"Ja?"

"Prysse blev konstig redan förra året vid den här tiden. Någon tanke av något slag måste ha tagit honom i besittning. Hur som helst så anade vi att han förr eller senare skulle slå till. Han lurade till sig att få låna båten av Viktor. Ja, honom känner du?" undrade Roffe och hade gjort en kort paus.

"Jag kan inte säga att känner honom. Jag vet vem han är", sa Karl.

"När jag fick höra om rekonstruktionen…det var då jag kände att jag var tvungen att…". Roffe blev avbruten av en röst som ropade från vardagsrummet.

"Jag tycker att ni får ta en efterrätt med frukt här, så får ni göra vad ni vill sedan", sa Berra och nickade mot Robert som gav honom en tacksam blick. Karl och Roffe drog sig förbi soffan och gick fram till klaffbordet där Robert dukat upp.

"Jag har pressat en halv apelsin och rivit choklad som jag har blandat med grädden", sa Robert och stack försiktigt teskeden i grädden och satte den i munnen. "Den var riktigt bra", sa han när han hade smakat på den. "Den var riktigt bra", upprepade han belåtet. Jonas hade slagit sig ner på en plaststol och hade blicken fäst mot Roffe. Långsamt satte han ner skeden i fruktefterrätten och såg fundersam ut. Medan han tuggade på äpple och kiwi växlade han med blicken från Roffe till Karl och tillbaka igen. Karl fick en tugga innehållande vindruvor som han försökte avsluta medan han otåligt väntade på att kunna få ur Roffe svaren på resten av hans frågor. När han tuggat ur smuttade han på glaset med något innehåll som Robert gjort i ordning till var och en av dem.

"Men, Roffe", började han. "Var du där på stranden när det hände?" Roffe nickade och satte i sig nästa tugga av frukt och grädde medan Karl satt orörlig bredvid och väntade på svaret.

"Ja", sa han kort. "I princip var det så."

"Ja men, hur och var?" frågade Karl, lyfte, drack och satte ner glaset i bordet.

"Ja, utåt dungen, om du tänker…höger från det här hållet."

"Jaha? Kom ni från båten?"

"Ja, just det. Jag och Prysse tog oss in till stranden med gummibåten."

"Jaha?"

"Ja, du förstår, vi låg och väntade några dagar först. Vi visste ju inte om de hade landat."

Karl nickade införstådd.

"Och meningen med det var att, vadå?" sa han litet slarvigt. Roffe tog en ny tugga av fruktsalladen med grädde och gjorde sig ingen brådska med att svara Karl.

"Som sagt. Det var ett vågspel. Ja, på mer än ett sätt", sa han och garvade till litet. Karl log lätt.

"Vad sa han att han skulle göra då?" kastade han otåligt fram igen.

"Han skulle ansluta till gänget naturligtvis. Men det var det ingen annan som trodde på", svarade Roffe och tog en klunk ur glaset.

"Det har med Robert att göra?" sa Karl efter en stund. Roffe nickade.

"Jag hade ingen aning om att Prysse var beväpnad. Inte den blekaste aning", sa Roffe och tittade olyckligt ner i fruktskålen. Karl tittade på honom och försökte för sig själv sammanfatta saken i huvudet.

"Kan du tänka dig peka ut litet platser?" undrade han sedan.

"Vi kan göra en rekonstruktion", sa Roffe, Karl torrhostade litet.

"Det kanske vi kan", sa han.

"Nu ikväll?", sa Roffe och tittade först på honom och sedan ner i sin fruktskål igen.

"Ja. Nu ikväll", sa Karl och nickade bestämt.

Kapitel 32

Karl följde Berra med blicken när denne sträckte sig efter vedträna längs långsidan av väggen. Han släppte dem med en duns mot stenplattan i golvet framför. Sedan drog han eld på en tändsticka och satte den mot ett av träna och vred på det tills han såg att det tog sig. Han räckte ut handen och placerade det så att det skulle stå stadigt mot den innersta väggen. Hela tiden hade han hållit sig på den yttre kanten av eldstaden där han kunde ha kontroll över det hela.

"Det är tur att de är tillräckligt torra", sa han och vände sig halvt mot Karl som satt en bit ifrån. Karl hummade.

"Det blåser kallt på sjön, Roffe", sa Robert från sin plats en bit bort. Roffe vände sig om och såg mot honom.

"Men här har ni resurser", sa han. "Det är en bra spis. Så, uppvärmd, det blir man nog." Robert nickade från sin plats vid bordet där han satt med benen i kors över varandra.

"Det är en fin kväll", sa han.

"Jag tänkte på dig i somras. Jag undrade faktiskt hur du hade det", sa Roffe. Robert tittade upp åt hans håll.

"Jaså?" sa han kort.

"Ja, hur det gick för dig att leva i instängdheten med övriga interner."

"Ja, jag säger som jag brukar tänka. Det är bara att sänka kraven riktigt ordentligt, och ha en dröm om tillvaron som den ska te sig när man kommer ut", sa han.

"Vad hade du för en dröm då?" frågade Roffe som blev synad av Karl som satt lugnt med glaset med de smälta isbitarna i.

"Det har jag glömt nu. Det var något slags tankefoster som jag inte längre tycker är viktigt", svarade Robert.

"Jag förstår", sa Roffe. "Det gör jag verkligen." Han gjorde en min av att vara införstådd med det som Robert sagt.

"Det är stämningsfullt, tycker du det, Roffe? Är du inte glad att du är här?"

"Var skulle jag annars vara?" frågade Roffe vänd mot Berra som hade ställt frågan.

"Hemma i Stockholm", sa Berra. "Är du inte litet av en vindflöjel, du, i alla fall?" la han till.

"Nej, det där bestrider jag. Jag gick inte Prysses ärenden. Jag följde med av en enda orsak, och det var att skydda…ja, att skydda…". Roffe tystnade. Karl vågade knappt andas av rädsla för att missa någonting viktigt som sades. Men han kände sig för var stund som gick mer och mer oförstående. "Bara för att du säger så, Berra, så ska jag visa exakt hur det gick till", fortsatte Roffe och fick en snabb blick från Karl.

"Jag tycker det luktar konstigt. Vad var det för grädde du bjöd på, Robert?" frågade Berra, bytte plötsligt samtalsämne och tittade mot den tomma skålen på bordet.

"Det var absolut inget fel på den", svarade Robert och såg frågande ut när han kastade ett snabbt öga mot Berra.

"Det luktar bränt fett. Sådant där fett som lägger sig och fastnar på kryddburkarna i köket när man har stått och stekt och haft sig under en längre tid", fortsatte Berra. Karl fick någonting hårt i halsen. En klump i halsen. Det fladdrade till litet i övre delen av magen. Sedan försvann det efter hand.

"Kanske. Kanske, Berra", sa Robert och gav honom en bekräftande blick. "Kanske är det så."

"Vilket då? Fettet?"

"Nej. Vindflöjeln", sa Robert. Han reste sig på fötter och gick fram till Roffe och la en hand på hans axel. "Nej, du får förlåta mig", sa han. "Jag tror inget illa om dina avsikter." Sedan gick han vidare mot sofforna och drog på sig jackan. Han plockade upp sin halsduk och snurrade den ett par varv. Jonas som suttit tyst och sett tjurig ut i sitt hörn följde honom med blicken.

"Kommer ni nu då?" undrade Robert.

"Vi får väl göra som vi har sagt", sa Berra och kom på benen. "Ta med dig papper och penna, konstapeln." Karl såg från Berra till Jonas och försökte etablera ögonkontakt med honom. När han lyckades, blinkade han lätt med ena ögat. Jonas svarade med ett skevt leende.

Kapitel 33

Jonas var siste man att få på sig jackan. Han tittade dröjande på lanternan som vajade från sitt fäste högt under bjälken på undersidan av taket. Sedan suckade han märkbart störd, och drog på sig skorna och skuttade struttigt men motvilligt nerför trappen. Karl som stod precis nedanför på grässlänten väntade på honom med handen vilande på handtaget. När Jonas drog sig förbi honom la Karl handen på hans axel och klappade honom litet där.

"Det ordnar sig", sa han.

"Den här gången har vi inte lika bråttom", sa Berra. "Vi har all tid i världen." Robert drog ner mössan och tog långsamma kliv över grässlänten som låg i mörker under en molnig himmel.

"Var är alla stjärnor?" sa han. Karl tittade upp mot de tunna slöjmolnen som rörde sig sakta.

"De kanske kommer tillbaka en annan kväll", sa han. Roffe kom upp alldeles bakom Robert och dunkade honom lätt i ryggen.

"Det är verkligen roligt att se dig", sa han.

"Nöjet är helt på min sida", svarade Robert. "Du ska inte bry dig så mycket om vad Berra säger när han är på det humöret. Vi försöker lösa en gåta här. Jag vet nog var jag har dig." Roffe log mot honom.

Karl såg mot de andra som gick fem meter före honom och Jonas. Roffes ljusblå jacka var den enda vars färg riktigt syntes. De andras flöt ihop i mörkret ju längre bort de befann sig.

"Du, Roffe", ropade han framåt. "Hade du den där jackan på dig häromdagen?" Roffe vände sig om.

"Ja?" sa han. Karl nickade i ett tack.

"Jag ville bara höra mig för om det", sa Karl. Under den tid de kastat fram sina repliker om jackan hade Robert hunnit ända ner i sanddynen. Han såg framför sig och saktade ner en aning. Sedan vände han sig om.

"Vi måste organisera det här", sa han med ryggen åt havet. "Faktum är att jag såg…jag såg redan uppifrån skjulet där jag stod att någonting rörde sig här. Därför så gick jag ner en bit. Jag tror att jag stannade ungefär här", sa han och tycktes borra ner skorna i sanden. Berra såg misstroget och räddhågset på honom.

"Robert, jag tycker vi ska ge Roffe en chans att förklara först", sa han. Karl tittade från den ena till den andra. Han kände vinden som kom emot honom med dess obarmhärtiga kyla som drog upp från den yttersta randen av stranden.

"Roffe?" sa han. "Du och Prysse har precis lagt till där nere", fortsatte han och pekade. "Kan du förklara vad som hände sedan?" Roffe slog lätt med båda händer på sidan om låren och funderade en stund.

"Det känns kallare nu. Det här är en kallare kväll", sa han och tittade ut över vattnet en bit bort.

"Om du säger någonting snällt kan du få måla en segelbåt i det nyrenoverade badrummet", kastade Robert fram.

"Nu håller du tyst, Robert", sa Berra och tittade strängt på honom i mörkret. Roffe såg prövande på var och en av dem. Sist landade blicken på Jonas.

"Det var Viktor som lät sig övertalas att låna ut båten. Så sa Viktor till mig. Sedan var det naturligtvis även Viktor som kom på andra tankar. Jag hade redan lovat Prysse att följa med eftersom han behövde hjälp. Nu skulle jag helt plötsligt hålla koll på honom på ett annat sätt", började Roffe. Hans ord hade mötts av tystnad och sammanbitna ansiktsuttryck.

"Hur?" frågade Karl. Roffe vred sig med överkroppen utåt vattnet samtidigt som han stod kvar på samma fläck med fötterna.

"Det finns bara två alternativ", sa han. "Antingen var han rädd för att den obekväme Robert här, skulle göra någonting dumt. Eller också ville han själv utföra någon dumhet", fortsatte Roffe. "Kanske båda delarna är sanna tillsammans."

"Vad hände sedan?" frågade Karl, fick en bister blick från Berra och tog några steg närmare Roffe.

"Jag vet inte hur jag ska säga det här", började han. "Det är ingen av er som kommer att tro mig", sa Roffe.

"Jag tror dig", sa Robert som hade fått en heshet i rösten i blåsten.

"Jag gick mot dungen. Jag rörde mig helt enkelt åt det hållet", sa Roffe och fick någonting skamset i blicken.

"Säg som det var! Du behövde pinka!" sa Robert. Roffe nickade.

"Förlåt att jag avbryter", sa Karl. "Men vad var meningen med det hela enligt Prysse själv?"

"Han skulle snacka. Möta upp gänget. Kanske snacka Robert till rätta, vad vet jag? Jag hade lovat Viktor", sa Roffe och gjorde en gest med handen.

"Fortsätt!" sa Karl.

"Jag hör plötsligt ett skott. En jäkla smäll bakom ryggen." Roffe öppnade munnen på nytt som för att säga någonting mer men stannade av och fick en stel min i ansiktet.

"Jaha?"

"Jag tittar dit. Jag ser två skuggor. Jag hör att någonting pågår men jag skriker inte. Jag kan inte. Jag står helt stilla." Roffe höjde händerna och la dem på mössan och stod kvar en stund med aningen nedböjt huvud och blicken i marken. Karl tog ytterligare några steg mot Roffe.

"Vad ser du?" frågade han.

"Ingenting. Ingenting", sa Roffe som hade fått någonting desperat i blicken som han nu slog runt i omgivningen. Karl vände sig om mot Robert.

"Var det så?" sa han till Robert. Robert tog några steg fram med ett osäkert uttryck i ansiktet.

"Ja, det var nog så", sa han. Han satte upp handen i luften och pekade hastigt mot Roffe. "Jag såg din jacka. Jag såg färgen på din jacka i mörkret. Jag visste inte vad jag skulle tro", sa han och rev sig bryskt i hårbottnen under kanten på mössan.

"Så det är så det är!" sa Karl. "Var stod du?" Han hade vänt sig mot Robert igen vars siluett syntes i mörkret. Jonas stod bredvid. Vinden hade tagit tag i hans jacka och kastade omkring snörena i dragskon längst ner i kanten.

"Jag hade mycket väl kunnat bli träffad", sa Robert som fortfarande lät hes i rösten. "Litet längre upp på grässlänten stod jag."

"Sedan då?" sa Karl.

"Jag gömde mig under verandan innan han sprang förbi." Karl gjorde en kort paus.

"Han?" sa Karl.

"Den okände mannen", svarade Robert.

"Han stod ju vänd mot vattnet, Prysse alltså", sa Karl som följde sin nya tanke.

"Han måste ha trott att det var mig han sköt mot. Sedan fick han slaget mot huvudet när han laddade om i ljuset av båtens strålkastare."

"Hur fick du tag i vapnet, Robert?" Karl vände sig mot Robert igen.

"Jag gick tillbaka och snodde det ur handen på honom. Det var tomt på stranden. Jag såg inte längre den blå jackan. Den okände mannen hade för länge sedan försvunnit uppåt vägen. Sedan ångade jag uppför slänten, parkerade bilen i skjulet och stapplade in genom dörren", sa Robert.

"Så den okände mannen kom från vägen", sa Karl fundersamt. "Han måste ha varit lockad av någonting."

"Det kanske han var."

"Jaha! Ni har haft hela dagen på er att planera det här. Bra! Bra föreställning", sa Karl och tog några desperata kliv över sanden. "Detta var alltså det sent uppdykande vittnet. Vittnet som ställer allt på ända och friar en misstänkt från misstankarna."

"Karl! Tro mig", sa Robert och gjorde en gest med handen åt hans håll samtidigt som han la den andra armen över magen utanpå jackan för att skydda sig från vinden.

"Jag har två saker att berätta, men jag sparar det andra som en livförsäkring", sa Karl. "En sak är säker. Han dog tjugotre noll noll, plus, minus tjugofem minuter. Jag fick besked i dag över telefonen", sa Karl.

"Jag vet något som är säkrare än så", sa Robert och tog ett steg i hans riktning. "Han dog tjugotvå och femtionio."

Kapitel 34

"Så om vi ska sammanfatta det här", började Karl, och satte i gång att röra sig runt i rummet med ett klurigt men bestämt uttryck i ögonen. "Du går ut för att parkera bilen i skjulet. Det är så du säger i alla fall. Du ser någonting som rör sig långt nere på stranden. Skuggor. Du undrar vad det är. Du hör ett skott som susar förbi dig. Då är klockan tjugotvå och femtioåtta. En minut senare har mannen på stranden attackerat Prysse som sköt mot honom. Prysse blir liggande i sanden. Du gömmer dig under verandan. Mannen springer förbi. Du smålunkar nedåt stranden. Du vrider dig runt. Du ser Roffes ljusblå jacka i mörkret till höger. Du tar vapnet ur Prysses hand." Karl tog en paus och smuttade litet på glaset och tittade runt på de övriga. Sedan vände han sig åter mot Robert när han fortsatte. "Du såg inte att det var han som låg där. Din förvåning när vi hittade honom kändes trots allt äkta. Du förstår emellertid att han är död. Vid det laget förstår du varför mannen på stranden hade bråttom att försvinna bort. Du är alltså bortom all fara nu. Du hinner skaffa dig alibi genom att parkera bilen. En minut senare stapplar du in genom dörren och upp i trappen. Var det så?" undrade Karl och vände sig mot Robert som tittade på honom.

"Det var en riktigt bra utläggning. Du skulle kunna få mitt gamla smeknamn. Sherlock. Det var ungefär så det gick till, rent tekniskt", sa Robert sakta och kunde sekunden senare inte hejda ett lätt garv.

"Men Roffe kan ändå inte vara ditt alibi, hur han än försöker. Han ser två skuggor. Sedan ser han ingenting. Han har redan börjat röra sig bortåt förbi dungen. Det kan fortfarande vara du, Robert, som har slagit ner Prysse. Det var ni två som var skuggorna", avslutade Karl. Robert tittade på honom och skakade på huvudet.

"Häromdagen vågade jag inte säga någonting av rädsla för att det trots allt skulle ha varit Roffe som gjorde det", sa Robert och tittade mot Roffe. Karl följde hans blick och lät den gå vidare ut genom fönstret bort mot pinjeträden.

"Då återstår bara att ta reda på vad Prysse verkligen hade här att göra. Vad som egentligen var hans anledning att komma hit", sa Karl. "Det är där man hittar resten av sanningen. Vad det än var så tror jag att ni känner till orsaken", fortsatte han. Roffe skakade på huvudet.

"Han hade inga goda avsikter", sa Roffe utan att möta Karls blick. "Han var ute efter dig, Karl. Du tillhör inte gänget. Borde åtminstone inte göra det." Karl såg förvånat på honom men utan att kommentera det han sagt.

"Fattas bara det", sa Robert, drog efter andan och lät den gå ut i en suck. Jonas glodde från sin plats i ena änden av bordet. Han lät blicken gå från den ena till den andra. Sedan sträckte han sig sakta efter ett chips som han långsamt tuggade på.

"Vad var det för en livförsäkring du snackade om?" sa Berra och spände blicken i Karl. Han tog tid på sig att svara. Under tiden grävde han i chipsskålen och fick upp flera stycken som han knep om med fingrarna. Han hivade in dem i munnen och gestikulerade litet som för att visa att han snart skulle återkomma till frågan.

"Jag vet identiteten på mannen", sa han när han hade tuggat ur det mesta. "Åtminstone pekar alla indicier åt det hållet. Om det inte stämmer finns det fler personer som stryker omkring här i krokarna, och då blir det svårare att få fram sanningen", sa han. Roffe nickade nästan obemärkt och med en besynnerlig min på läpparna från sin plats.

"Som sagt, jag såg tyvärr bara en skugga", sa han.

"Hur har du fått fram den sanningen?" frågade Robert.

"Han har tagit båten i besittning. Lampan som lyste ombord i kajutan häromdagen", sa Karl och tittade mot Robert som nickade litet svagt när Karl hade tystnat.

"Han behövde en fristad?" sa han. Nu var det Karls tur att nicka.

"Det ser så ut från vår horisont", sa han och syftade på sina kollegor inom polisen.

"Vet Briggen om det här?" Robert hade kastat fram en ny fråga.

"Brick vet om det här", sa Karl.

"Hur hittar man honom? Mannen?" undrade Berra.

"Det har blivit en större sak av det här än vad vi först trodde att det skulle bli", svarade Karl.

"Finns det någon hotbild mot oss?" frågade Berra på nytt och satte benen i kors där han satt på plaststolen med ena armbågen i bordsskivan.

"Det kan jag tyvärr inte förneka eller utesluta", sa Karl.

"Roffe? Stannar du till den stora sammandrabbningen?" undrade Robert och vände sig mot honom. Roffe log ett snett leende och sträckte sig efter ett chips ur skålen. När han lutade sig framåt föll några av hans blonda hårtestar ner över pannan.

"Så klart jag gör", sa han. Karl tittade med en osäker min in den öppna brasan med den brinnande lågan som fladdrade och slog ut från vedträna som låg lutade mot väggen inuti eldstaden. Plötsligt rasade ett av dem ihop, och det gnistrade till med ett bländande ljus alldeles efteråt. Flagorna som utgjorde de allra sista resterna av träet flög runt i luften i spisen. Några höll sig kvar inuti och landade på botten av den, andra flög längre ut i luften, och singlade inte ner och landade förrän de sakta nådde stenbeläggningen i golvet precis framför.

"Så klart att jag gör", sa han igen.

Kapitel 35

Det var alldeles tyst från baksätet där den ene av dem satt. Det enda som hördes var bildäckens kontakt med den asfalterade ytan där de susade fram över vägen. Han hade händerna slappt vilande i knät och tankarna någon annanstans. Den som körde saktade ner in på en avfartsväg och vidare längs en sträcka förbi några byggnader. Han sa inte heller någonting. Radion var tyst, även den. På planet fick de sittplatser en bit ifrån varandra. Han ändrade läget på stolen så att den lutade bakåt när de kom upp högt ovan molnen. Dessförinnan hade han sett marken avlägsna sig under dem efter att flygvärdarna hade informerat om det väsentligaste och mest oönskade. När han blundade kändes det som om han skulle kunna somna när som helst. Plötsligt började det röra sig runt omkring honom. Han slog upp ögonen och tittade ut över stolsryggarna med skyddspapper och såg ut över de utfällbara och uppslagna borden med papptallrikar och plastbestick. Det stökades runt och plockades undan. Han såg på klockan. Den närmade sig fyra på eftermiddagen. En mellanlandning och sedan en ny plats i en ny stol på ett annat plan. Därefter en kort sträcka före landning. Ett möte med en kontaktperson från polisen på plats. Och så en måltid och några rutinmässiga saker som skulle avklaras. Först senare skulle de kunna koncentrera sig på det förestående mötet utanför den lilla orten vid kusten. Resan hade han gjort ett otal gånger. Det var inte det som var det nya. Det nya var i stället den situation som skulle redas ut.

Han var trots viss ny information övertygad om hans skuld. Karl var av en annan åsikt och hade gjort det klart för honom. Han hade prövat teorier på plats, och med de inblandade som statister i leken. Brick var inte imponerad. Inte den här gången. Det hade han också sagt till Karl. Han hade gjort det tydligt redan från början att han skulle ta kommandot när han väl kom dit. Och det skulle inte finnas plats för övertalningsförmåga eller tjafs från någon av deras sida. När planet mjukt satte ner sina fötter på landningsbanan och följde densamma i en vid halvcirkel väntade han bara på att få resa sig upp och få röra på sig. Ute var det kolsvart och kyligt av vinden som låg på från vattnet och drog in över de tomma slätterna. Efter nästa flygtur var det hon som skulle köra. Han skulle sitta bredvid. Handbagaget med den svarta axelremmen skulle ligga i knät. Det var bara minuter kvar. Visserligen inte ett futtigt antal minuter före nästa avgång utan snarare fyrtiofem till antalet, men ändå. Det närmade sig.

Kapitel 36

Hon väntade tills datorn släckte ner helt och hållet. Sedan drog hon ur kontakten ur väggdosan. Hon stegade fram till blommorna i fönstret och kände på dem om de skulle vara torra och behövde vatten. Hon tyckte inte att det var så. Solen lyste skarpt utanför på gatan. Det skulle inte vara länge. Snart skulle den gå ner och lämna utrymme för mörkret och för den tända julbelysningen. Hon satte sig på stolen igen och drog kängorna åt sig och trädde fötterna i dem. Sedan lämnade hon rummet med ett klick i dörren bakom sig. Mattan fransade sig i kanterna intill väggen. Ibland hade hon lust att ta en sax och klippa av de vågiga orange-bruna mattrådarna. Kanske skulle det bli snyggare då. Hon tittade mot det som kallades receptionen men egentligen bara bestod av ett skrivbord slarvigt inskjutet i ett hörn alldeles innanför ingången innanför den gamla trädörren med infattat glas. Hon hade lovat vänta där och det gjorde hon också. Hon reste sig ur skrivbordsstolen när hon såg henne. Tillsammans gick de trapporna ner till bottenvåningen med porten ut mot gatan utanför med det tunna snötäcket och frosten som låg över gräsmattan och de stora stenarna i kanterna som fanns där för prydnadens skull.

De kunde gå till Ropsten eller en kortare bit, till Gärdet. Elise drog ner en rosa mössa i ulligt och yvigt garn över öronen. På läpparna hade hon dragit ett sträck på varje med ett glänsande stift i en blekrosa nyans. Hon såg glad ut. Emilia kände sig också mer upprymd än nedslagen. Vid det här laget hade de båda accepterat utestängningen, de ändrade planerna och den kvardröjande frågan *varför*. Deras beviljade semestrar var ett faktum och gick inte att ändra på. Såvida inte Vånglund skulle höra av sig och säga annat. Det hade han hittills inte gjort. Så då var saken klar.

"Gosse, vilket vackert väder", sa Elise i en upprymd och konstlad ton.

"Gosse, du har så rätt!" skojade Emilia tillbaka. Sedan skrattade de och pekade ut vägen mot Ropstens tunnelbanestation. Det skulle ta ett antal minuter. De stod en bra stund senare längst ut i ena änden av perrongen med utsikt över vattnet. Nedanför fanns en grillkiosk vars utbud de aldrig prövat. Längre bort sträckte sig broarna över det djupblå levande vattnet med sina lätta vågor. Solen lyste mot ett fåtal hus längs kusten över viken. Åt andra hållet fanns uppgången med rullbandet som masade sig uppför med en tidsmässigt utdragen ståplats till buds och utsikt mot väggdekorationen i klarblått och orange bakom glas.

"Gosse!" sa Emilia. "Tycker du vi ska gå till begagnataffären eller åka in till stan för ännu en uppfriskande promenad?" Elise skrattade till åt Emilias högtravande och skämtsamma ton.

"Gosse! Det vore något! Vi åker in till stan", sa hon och mötte Emilias blick.

"Du, jag tror mig ana vad du tänker. Du menar väl aldrig kaféet med de tunga metallstolarna vid Norrmalmstorg?"

"Där tror jag du läste mig rätt", sa Elise och gapskrattade åt deras egen både uppstyltade och käcka ton. I närheten satt ett par personer som tittade på dem litet nyfiket. Emilia slappnade av i skrattmusklerna och lutade sig bakåt mot sätet.

"Jag ska ha en nyttig smörgås", sa hon. Elise log lätt.

"Det känner jag också för", sa hon. "Jonas ringde i går. De hade letat efter Napoleon", fortsatte hon. Emilia blev allvarlig men försökte le en aning.

"Ja", sa hon. "När de ändå håller på så kan du de ju ta den där Monte Christo på samma gång", sa hon.

"Ja, det ska väl vara någonstans i närheten", sa Elise, log men såg fundersam ut.

"Jag har faktiskt läst alla delarna. De stod hemma hos Kalle i bokhyllan. Det var bland det första han pekade ut när vi skulle lära känna varandra", sa Emilia. Elise hade höjt ögonbrynen.

"Ja, egentligen blir jag inte särskilt förvånad", sa hon.

"Elise, det har hänt någonting som gör att Karl har fått dra i gång en utredning. Sist jag pratade med honom suckade han mer än han pratade. Du ska inte vara orolig", sa Emilia och skakade i takt med vagnarnas rörelser. Plötsligt började det tjuta från rälsen. Det ilande ljudet steg och blev högre. Båda förde de upp fingrarna mot öronen där de tryckte desamma mot huvudet en stund innan tjutandet avtog och tonade ut helt.

"Ingen fara. Jag är inte orolig. Jag är ganska van. Jag har varit med här ett tag. Jag och Jonas har pratat med varandra i flera år. Han är också van. Man skulle kunna säga rutinerad", sa Elise när hon hade sänkt händerna.

"Ta inte illa upp nu. Ibland tycker jag litet synd om honom. Jag hoppas ingen ljuger för honom. Han har ju känslor. Det blir så förvirrande med allt som händer med hans far, vad jag kan tänka mig."

"Ja, men du har rätt, Emilia. Det är säkert jobbigt", sa Elise och tittade åt ett annat håll.

"Vad räkmackan känns lockande nu", sa Emilia och tittade mot Elise som hade blicken ut mot perrongen med de ristade streckgubbarna.

"Mm", sa hon.

Kapitel 37

Det skarpa solljuset hade landat på Karls ben där han låg i sovsäcken på madrassen på golvet och med eldstaden i blickfånget. När han dragit ner dragkedjan och klivit ur stod han en stund barfota på golvet framför fönstret. Han kände hur håret var i en oreda när han förde handen högst uppepå huvudet. Han drog på sig jeansen och dök i tre lager av tröjor. Först en tunn bomullströja, sedan en långärmad, tunn, fladdrande sak. Allra sist en stickad tröja med ett mönster i olika blå nyanser av det mörkare slaget. Robert och Jonas hade som vanlig lättat från sina sängplatser i kökssoffan med utdragsdel. Han öppnade en burk ravioli som stod i skafferiet och hällde upp innehållet i en kastrull. Det fick tjäna som frukost. Han kryddade det hela med en hackad vitlöksklyfta trots den tidiga morgontimmen. Den skulle sätta piff på det hela och påminna honom om den frihetskänsla han faktiskt kunde åtnjuta under sin semester. Sedan drog han på sig jackan och satte sig på verandan med en kopp rykande kaffe. Färgen i trästolarna och i räcket satt numera bara kvar i de fina sprickorna i träet där man fortfarande kunde ana sig till hur det sett ut tidigare. Stolen var av det robustare slaget och kunde inte vickas på. Han kände direkt hur solen som låg på hans händer värmde upp hela honom och fick den svaga vinden i nacken att kännas obetydligare. Rysningarna som han känt efter båtturerna med gummibåten några kvällar tidigare kunde han minnas men kändes nu avlägsna och långt borta.

Genom den öppna verandadörren hörde han hur Berra slamrade med någonting genom den stängda dörren till sovrummet bakom. När han spände blicken långt ut över vattnet såg han blänket i den vita färgen i fören av segelbåten. Några gestalter dök därefter upp till höger. De måste ha kommit från dungens håll. Än så länge var de som små prickar mot en ljusindränkt bakgrund. Han tog några klunkar av sitt kaffe. Långsamt började de tona fram i sina detaljer och bli större. Far och son. Roffe var också med. Hans ljusblå jacka stack ut bland det övriga. Brisen tog tag i de översta delarna av trädkronorna som vajade svagt. Det mesta av bladen hade emellertid fallit och lagt sig som ett lätt och flyktigt täcke på marken. När han la ena handen mot jeanstyget på lårens ovandel spred sig solvärmen från handens insida genom och över hela handen. Han rörde muggen med kaffe i cirklar i luften så att det skapades en virvel av kaffe inuti. Sedan svepte han hela skvätten i ett enda drag och satte ner den mot träskivan i det uppfällbara bordet. Sovrumsdörren öppnades bakom honom. Han hörde Berras röst när han hälsade. Karl hälsade tillbaka och undrade om han hade mycket arbete att stå i. Berra svarade nekande och la till en suck av lättnad. Nu kände han för en biltur, sa han. Karl tänkte efter en stund. Frågan från Berra om Karl skulle vilja följa med var inte svår att besvara. Det kunde han tänka sig. Han vände sig halvt om och tackade för att han hade blivit tillfrågad. Sedan hörde han rösterna från gänget med Roffe i spetsen, som kom långsamt travande uppför grässlänten. Robert pekade på Karl och hojtade något. Karl hojtade tillbaka. Han kunde se hur Jonas log. Sedan reste han sig igen och la händerna på räcket. Träet kändes både lent och strävt i hans handflator som han hade liggande där en stund medan han återigen tittade neråt stranden med solen som glittrade i vågorna.

"Helt min åsikt, Berra! Det är som gjort för en biltur", sa Robert efter att först ha landat i köket och svept ett glas vatten innan han svarade på frågan som Berra kastat fram. Jonas hälsade på Karl och hade stannat mitt på golvet med händerna i midjan. När Robert kom ut från köket gick Jonas dit och öppnade kylen och klunkade i sig av vatten som han först hällt upp i ett glas.

"Det ska bli jättetrevligt", sa han. "Då kan vi äta någonstans."

"Ja, det får bli någonting annat än gatugrillen den här gången", sa Robert.

"Om vi kör åt andra hållet nedför kusten kommer vi till Ajaccio, huvudstaden", flikade Berra in. "Därifrån kan vi kan vi korsa ön norrut mot Bastia och sedan tillbaka till den västra kusten", fortsatte han.

"Det låter väl bra", sa Jonas entusiastiskt och fick nickande medhåll av Karl.

"Vi kan dela upp chaufförsskapet mellan oss", sa han. Jonas nickade.

"Det bli litet lättare då", höll han med Karl om. Robert tittade in i köket och plockade ihop det sista som skulle vara med innan han synade sin jacka som han inte hängt av sig.

"Det är väl bara att sticka i väg då", sa han. Berra tog på sig skorna sittande på soffans armstöd.

"Jag undrar hur de har det på kontoret", sa han rätt ut i luften.

"Fråga dem", sa Robert.

"Det har jag gjort. Svaren är svävande", sa han och reste sig från kanten.

"Du får hälsa till dem", sa Robert. Berra nickade.

"Det ska jag göra", sa han. Karl tog trappstegen ner och öppnade dörren och steg ut på baksidan. När han gick mot bilen hann Robert upp honom.

"Man kan inte tro att det finns ett kök innanför det där fönstret", sa han och pekade bakom dem. Karl nickade svagt. "Varje morgon när jag vaknar tittar jag ut och undrar vad det är för väder. Sedan tar jag mitt kaffe stående där och blickar mot skogen. Precis som hemma. Jonas brukar sätta sig på verandan", fortsatte han.

"Ja, visst är det härligt", sa Karl. "Få vi plats alla fem i samma bil?" kastade han fram.

"Det går nog bra", sa Robert. Han satte nyckeln i låset och svängde upp dörren. Det var varmt i det trånga utrymmet där luften stått stilla och solen legat på under den tidiga förmiddagen. Han drog ner dragkedjan i jackan och landade i sätet. Sedan satt han och tittade rakt framför sig och väntade på att de andra skulle ta plats. Berra öppnade framdörren och kikade in mot Robert som nickade. Berra drog fram bältet och spände fast det i hållaren där det klickade till. Roffe var sist in och satte sig bakom Berra med knäna som nästan nuddade Berras ryggstöd.

"Då kanske vi var klara då", sa Robert och drog igen dörren med en smäll. "Vi ska ut mot den stora vägen först. Sedan får ni hålla ögonen öppna", dirigerade han de andra.

Kapitel 38

Däcken susade genom det tunna lövtäcket. Stackmolnen var fylliga och tjocka och var av den solbelysta, kritvita karaktären. Skuggorna på marken var vidsträckta när ett av molnen för en stund skymde solen. Det tog inte lång stund att komma ut på stora vägen längs kustlinjen. Med det blå havet i blickfånget åt höger fick de upp en maklig fart i den glesa trafiken. Robert fingrade på radioknappen men lät handen dröja kvar en aning. Berra hade skakat på huvudet åt hans förslag att ha musik på medan de körde fram längs vägen. Jonas sa att det kvittade för hans del. Robert satte upp handen på ratten igen mittemot den andra.

"Det är inga särskilt stora samhällen här på ön", sa han.

"Det kan vara skönt att slippa det", sa Karl och fick instämmande tillrop från de andra.

"Det ser dessutom aningen förfallet ut", kommenterade Berra eftertänksamt.

"Jag skulle säga bortglömt och öde", sa Robert och tittade ut över fälten med de glesa träden och det risiga buskaget. "Några gamla träd har dött för länge sedan." Karl tittade ut åt samma håll och nickade instämmande med Jonas sittande bredvid sig.

"En del hus ser fallfärdiga ut", sa Karl och hörde Jonas hummande alldeles intill.

"Men de håller säkert för mer än man tror", sa han och vände sig snabbt mot Karl.

"Så är det", flikade Robert i framsätet. "Konstigt egentligen", fortsatte han, "att vi sitter här i samma bil i ett helt främmande land på väg mot okänd ort, och ingen av oss vet någonting om vad som hänt, vad som är, och vad som kommer." Berra kastade en lång blick på honom och såg sedan rakt fram ut genom rutan.

"Det är mycket märkligt, men det där om *ingen* går att diskutera", sa han sakta.

"Det är verkligen någonting helt nytt, det här", sa Roffe som suttit tyst en stund.

"Jag förstår ingenting", sa Jonas som för ett kort ögonblick betraktades av Roffe från sidan.

"Det är riktigt svårt att förstå. Eller hur, konstapeln?" sa Berra igen. Karl drog ett andetag innan han svarade.

"Jag börjar tro att ni menar det ni säger", sa han. Jonas tittade hastigt med en blick åt hans håll där han satt bredvid.

"Du tror att vi är så sammansvetsade", började Berra. "Det kanske kan se ut så utifrån. Men ibland undrar man", sa han. Karl tittade mot honom men möttes bara av synen av hans nacke bakom huvudstödet. Sedan tittade han åt vänster mot de mörka molnen som tonade upp sig i och sakta rörde sig i fjärran.

"Hur var det nu med Napoleons födelsestad?" undrade Karl plötsligt. Berra vände sig halvt om med huvudet så att Karl såg hans ansikte från sidan.

"Ajaccio", svarade han mycket kort. "Någonstans i Ajaccio ska det vara."

"Det där fick vi om bakfoten förra gången när vi var ute och letade. Vi skulle ha kollat nätet med en gång. Nu har vi inte tid", sa Robert med blicken rakt fram.

"Jag kan slå vad om att det finns en staty på något torg någonstans som vi kan titta på", fyllde Berra i.

"Det räcker gott och väl", sa Robert igen. "Stora moln drar in från öster, har ni sett det?" sa han och bytte samtalsämne. Berra hummade i sätet bredvid.

"Det är ingenting att bry sig om", sa han.

"Jag förmodar att det kan snöa här också", sa Roffe mest för sig själv, och tittade ut åt sidan.

"Någon gång på 1760-talet föddes han, vad?" frågade Jonas som suttit tyst en stund.

"Just det. Det är precis så", bekräftade Robert och tittade hastigt åt sidan genom vindrutan.

"Hur långt är det?" frågade Jonas.

"Hur långt det är? Till Ajaccio?" undrade Robert tillbaka. Jonas hummade. "Ja, det kan väl vara en tio mil, ungefär", fortsatte Robert.

"Då blir det en heldag kan man säga", flikade Berra in från framsätet där han satt.

"Ja, den som inte åt någon frukost får skylla sig själv", sa Roffe.

"Vad åt du själv till frukost?" frågade Berra. Roffe lutade sig en aning fram i sätet så att han lättade från ryggstödet. Sedan drog han undan en blond hårslinga som låg framför ena ögat.

"Jag tog en rejäl macka före promenaden på stranden", sa han. "Hösten har kommit. Det var en del löv där", la han till. Det var tyst en stund. Det enda som hördes var motorns brummande och däcken som låg mot vägbanan.

"Hösten har som sagt kommit", upprepade Robert. "Nu är huset helt tomt", sa han helt plötsligt kort därefter.

"Jag kanske borde ha ställt bilen i skjulet", uttryckte Karl.

"Det är fint med hösten", sa Jonas och fingrade på snörena i dragskon längst ner på jackan. Karl tittade på honom. Han såg hur ringarna på Jonas fingrar blänkte till i det bleka disiga ljuset.

"Det är ingen dålig årstid", sa Roffe och drog in andan.

"Jag skulle kunna sälja litet bredare", började Berra.

"Hur då?" undrade Robert som tagit upp tråden genast.

"Jag har tagit en provperiod på en konkurrents lönehanteringsprogram. Jag kikar litet på det för tillfället", svarade Berra.

"Det tar lång tid att utveckla", svarade Robert. Berra hummade svagt från sin plats och tittade ut åt sidan.

"Molnen har försvunnit bakom bergen", sa han. "Jonas, du har ju kommit en bit med programmering. Kan du inte kika på det också när vi kommer hem?" frågade Berra.

"Så ska det låta", sa Robert snabbt.

"Det kan jag göra", svarade Jonas kort. Karl trampade tyst och förstulet med ena foten i gummimattan på golvet.

"Hur blir det med hemresan? Åker ni så fort den franska polisen har gett klartecken?" frågade han. Det tog en stund innan hans fråga besvarades.

"Antagligen blir det så", sa Berra och kastade en hastig blick mot Robert som satt med oförändrad min bakom ratten.

"När vi kommer hem dröjer det inte länge förrän det är jul", sa Robert. "Jag trivs som fisken i vattnet här", la han till.

"Jag tycker det är ett trevligt hus du har skaffat, Karl", fyllde Jonas i. Karl log lätt.

"Du ska ha stort tack för hjälpen med målandet", sa han. Jonas sken upp.

"Som sagt, det är bara roligt", sa han.

"Jag kan meddela att vi har kört i fyrtio minuter. Det är inte oändligt långt kvar", sa Robert efter en längre stunds tystnad.

"Det låter hoppfullt", sa Berra och drog fram telefonen som han började fingra på. Jonas slog ut blicken förbi Karl genom rutan. En stund senare tittade Karl åt samma håll. En brun och en spräcklig häst stod stilla i en hage innanför ett stängsel. Ett litet hus med vitmålad fasad stod intill.

"Det är förhållandevis tomt och tyst", sa Karl mest för sig själv.

"Ja, jag kan bara instämma", sa Jonas.

"Nu fick jag svar från Elise", sa Berra plötsligt. "De roar sig bäst de kan. Det är förbaskat tomt på kontoret också. Och höst är det också där, om inte vinter", la han till.

"Jag kan tänka mig hur tomt det är", sa Jonas. "Hälsa och säg att vi ses hemma", fortsatte han.

"Jag får göra det", sa Berra och började texta mot den blanka ytan på telefonen och med glasögonen på näsan.

"Är du besviken, Karl?" undrade Roffe och lutade sig fram en bit så att han kunde möta Karls blick som tittade tillbaka in i Roffes blå ögon under den blonda luggen.

"Ja, det är klart att Emilia skulle ha varit här, men med tanke på det som hänt så var det bäst att jag åkte ner ensam", svarade Karl, växlade med blicken och tittade sedan mot honom igen. Roffe nickade med något av ett snabbt leende som följde strax efter.

"Jag har aldrig träffat henne. Du får hälsa!" sa han. Karl log lätt.

"Det kan jag göra", sa han.

"Tillbaka till civilisationen", sa Robert från förarsätet.

"Ja, det ser litet mer livat ut med ens", sa Berra och lutade sig åt sidan och stoppade undan telefonen.

"Det är verkligen inte så dumt här", sa Roffe, fingrade med håret och tittade ut genom rutan på sin sida.

Kapitel 39

"Skönt att se att solen kom tillbaka. Jag trodde ett tag att det skulle dra in regn eller snö", sa Roffe.

"Ja, det kanske hejdades bakom bergen där borta", sa Robert och pekade nonchalant med ett finger åt ett håll. Roffe tittade dit och svepte runt med blicken över gatan med butikerna.

"Är det här det bästa stället att stanna på?" undrade han.

"Ja, det tycker jag nog", sa Robert och plockade fram ett par solglasögon som han satte på sig och tryckte närmare näsroten. "Men jag känner att det blåser en aning, känner inte du det?" sa han vänd mot Roffe.

"Ja, du. Det var som jag trodde. Vinden kom ensam och snön blev kvar bakom bergen", sa Roffe och körde ner händerna i den blå jackans fickor. Han vände sig om mot Jonas.

"Jag tycker att du allvarligt ska överväga det där som Berra sa i bilen", sa han och knyckte till litet med armbågen som skämtsamt stötte emot Jonas på armen som var närmast honom.

"Ja, det kan du ha rätt i", sa Jonas.

"Jag glömde min vattenflaska", sa Robert och började gå tillbaka mot bilen. En stund senare smällde han igen bildörren med flaskan i handen och närmade sig resten av sällskapet som hade hunnit en bit före.

"Du tänkte inte på att ta med dig kameran?" undrade han och vände sig mot Jonas.

"Nja, jag fotade så mycket förra gången", svarade han.

"Synd då. Vad synd att jag inte tänkte på det själv", sa Robert och tryckte solglasögonen närmare näsroten igen.

"Vad gör du annars, Roffe?" frågad Karl och tog några steg närmare Roffe som hunnit litet längre fram i klungan på trottoaren.

"Jag får en del uppdrag på logotyper och omslagspapper, butikspåsar, etiketter och företagsmaterial", svarade han. "Det är precis så att det går runt och betalar maten på bordet", fortsatte han.

"Jag kan tänka mig det, men det verkar roligt", sa Karl och gav honom en uppskattande nick.

"Det är väldigt roligt. Det är jag som har gjort presentationsmaterialet för Perignoth System. Du har kanske sett bilden med Jonas?" undrade han och log mot Karl. Karl nickade.

"Det har jag gjort. Du har ingen aning om hur det gick med Luntmårds arkitektfirma sedan?" frågade han. "Vad hände med den?" Roffe tittade på honom och såg genast dyster ut.

"Jag tror den övergick i någons ägo i släkten", sa han. "Jag har inte hört mig för. Men om jag inte minns fel så tror jag att jag hörde någonting om det." Karl tittade mot honom med en kort blick.

"Ja, jag vill inte vara nyfiken, men jag blir påmind om det hela när jag ser dig. Jag tänker på målningen på väggen hemma hos Robert", sa Karl.

"Ingen fara. Jag förstår det. Det kan jag verkligen förstå. Du måste ju tro att det är ett gäng halvgalningar som du har hamnat bland", sa han och drog litet med handen vid näsan för snuvans skull samtidigt som han log.

"Jag är fortfarande litet konfunderad måste jag erkänna. Men allt det gamla börjar sjunka undan i det förgångna mer och mer", sa Karl uppriktigt.

"Det blir väl så, även för dig", sa Roffe och började ta litet längre steg efter att ha saktat ner medan de pratade med varandra.

"Jag hoppas vi hittar den där statyn som man tycker borde finnas", sa Jonas som kommit i kapp Karl. "Bilder med mobilkameran är inte att förakta helt, det heller", fortsatte han.

"Nej, det har du rätt i. Vi har ju våra telefoner. Det är inte föraktligt", sa Karl. "På något sätt är det roligare att leta sig fram till saker ibland, än att bara ta reda på exakt hur det ligger till", fortsatte han. Jonas nickade mot honom med ett lätt leende.

"Helt min åsikt. Det blir förutsägbart annars", sa han och knäppte fast tryckknapparna på handskarna utan fingrar som han dragit fram ur fickan och satt på sig. Robert hade stannat till och vänt sig åt ett håll.

"Vad vackert det var här. Husen är fina och utsikten är fantastisk", sa han och snurrade sakta runt åt alla håll.

"Ja, bara molnen med nederbörd håller sig borta en stund till så skulle jag vara glad", sa Roffe som hört vad han sa.

"Jag skulle faktiskt kunna tänka mig en kortare promenad uppför där", sa Robert och pekade i en riktning. "Bara för att riktigt se utsikten därifrån en enda gång innan vi åker hem. Vad säger ni om det? Efter lunchen i så fall", sa han och vände sig till de övriga.

"Ja, det sitter väl aldrig i vägen att få chans att röra litet på benen", sa Berra som stannat till bredvid Robert.

"Om vi går vidare längre ner åt den där gatan så kanske vi hittar något ställe att äta", sa Roffe och pekade litet lätt.

"Det kan vi hoppas på", sa Robert och satte fart igen medan han tryckte in solglasögonen en aning.

Dörren till den lilla restaurangen gick upp och lämnade den sömniga gatan med sin lokalbefolkning ute. Fruktstånden med sina färger och presenningar där folk hade samlats och långsamt spatserade runt hamnade bortom gatan i bakgrunden. Skylten med restaurangnamnet hade sett lockande ut på avstånd. Nu hade de med frågande blickar på varandra valt ut ett bord där de drog ut stolarna, och där de kunde slå sig ner. Det repade mot golvet när Karl drog ut sin stol. Runtom småpratades det och skrattades i slutna sällskap. Strax dök en servitör upp som tilltalade dem på franska. Roffe gjorde sitt bästa för att förklara att de ville äta lunch och kunde inom några sekunder bestämma sig för en fiskrätt. Berra tittade på sin plats bredvid i menyn och nickade jakande när han sa att han kunde tänka sig detsamma. Roffe gav upp ett leende och försäkrade honom att han inte skulle bli besviken varpå Berra satte upp ett finger i luften mot servitören för att visa att det skulle bli två likadana portioner. Jonas satt en stund i tankarna sedan han bestämt sig för en soppa med allehanda grönsaker och pasta i. Robert valde en köttgryta med skållade, hela tomater och ris. Karl studerade menyn under en minut och pekade sedan ut vad han gissade skulle vara en potatisrätt av något slag.

"Jaha. Det var det", sa Robert och snurrade på solglasögonen som han lagt ihop på bordet. "Det är nog inget dumt ställe, det här."

"Det verkar lugnt och trevligt", sa Roffe och lutade sig bakåt i stolen. Efter en stund kom servitören tillbaka med små brödkorgar, bestick och glas. Ytterligare en stund senare satte han ner ett gäng flaskor med vatten i mitten av bordet. Karl sträckte sig efter en och drog upp kapsylen med ett fräsande. Jonas tog ett bröd, delade det i två halvor och bredde smör på båda. Han satte det till munnen och drog i det sega brödet med tänderna för att få loss en bit som han tuggade i sig medan han följde Karls exempel med en av vattenflaskorna. Det pyste så att han spillde litet grann på bordet. Han sträckte sig efter högen med servetter och fick upp en. Sedan la han den över vattenfläcken under en sekund innan han smugglade undan den dyngsur på ett ensamt fat i närheten.

"Mycket trevligt", sa Robert och spanande runt över de andra borden. Efter ett tag började tallrikarna komma in. En efter en sattes de ner på bordet och fyllde upp hela ytan. Karl synade sin stekta potatisrätt med en nöjd min sedan han känt doften som steg upp i näsan.

"Jag känner mig riktigt hungrig. Jag åt en portion ravioli till frukost", sa han litet skämtsamt.

"Ja, det kan bli så på semestern. Man gör så tokiga saker. Man gör saker på helt nytt sätt. Men det är inte så tokigt ändå", sa Roffe och log åt hans håll. När de allihop fått in sina tallrikar som började sysselsätta dem blev det tyst under en stund runt bordet. Jonas satte i sig det sista av det sega, färska brödet och tog itu med maten på tallriken. Det slamrade litet grann av bestticken som då och då slog mot tallrikarna när de åt. Någon öppnade en ny vattenflaska som pyste till under trycket av kolsyran. Det skrattades och pratades vid de andra borden. Karl höjde blicken ut genom rutan mot fruktståndet utanför där trafiken av kunder flöt på i oförminskad takt.

"Vad tänker du på, Karl?" undrade Berra från sin plats tvärs över bordet. Karl flyttade blicken till honom.

"Det var väldigt god mat här. Jag tänker också på att det här kanske blir det absolut trevligaste minnet från hela tiden här nere", sa han och fick en bekräftande nick från Robert som satt bredvid Berra.

"Det har du verkligen rätt i", sa han. "Jag har känt i flera dagar hur konstigt det känns med det här våldgästandet", fortsatte han. Karl gjorde en avvärjande gest med handen medan han tuggade ur munnen.

"Tänk inte på det. Ingen av er kunde veta att det skulle bli så här", sa han.

"Både ja och nej", sa Robert och fick ett förvånat ögonkast av Berra.

"Hur menar du då?" sa han.

"Viktor ringde faktiskt och berättade att Prysse kanske skulle komma efter på nå något sätt, och att han hade lånat ut båten till honom", förklarande Robert.

"Du kanske säger för mycket nu", började Roffe. Robert skakade på huvudet.

"Det är lika bra att få fram så mycket som möjligt av sanningen. Kan man inte ens erkänna en sådan sak då har det gått långt. Så vill jag inte ha det", sa han i en lång harang.

"Karl, jobbar du eller är du ledig, eller hur är det egentligen?" undrade Roffe och föste undan en slinga av luggen med ena fingret.

"Ja, det är det som är så konstigt", började Karl medan han tittade ner i tallriken för ett ögonblick, "egentligen har jag semester, men man går ju aldrig ur sin roll helt och hållet, vet ni. Särskilt inte nu när det här hände", sa han och lyfte blicken sedan han gjort i ordning en ny laddning på gaffeln.

"Ja, det kan inte vara så lätt. Själv har man fått hundratals frågor om allt från bakterieplack på halsmandlarna till höftledsoperationer och kramper i magens nedre regioner, ja, ni får förlåta. Det hoppas jag ni gör, att man lägger ut texten vid fel tillfälle ibland. Man går aldrig ur sin roll", sa Robert. Jonas log ett snett leende.

"Det är väl ingen som tar illa vid sig av en och annan beskrivning ur verkligheten", sa han.

"Nej, det är det inte. Inte från min sida", sa Roffe och kollade runt bland resten av de församlade.

"Bra! Tack", sa Robert. "Jag ville bara att du skulle veta att jag förstår dig, Karl", fortsatte Robert.

"Tack", sa Karl och drack litet av vattnet ur glaset.

"Nej, jag menar det!" sa Berra. "Semester, det har man väl inte sett röken av om man snackar om fullständig avkoppling alltså. Om nu det ska vara bra till något", fortsatte han.

"De säger att det kan behövas med jämna mellanrum, de som kan sådana där saker", kontrade Robert.

"Ja, ja", sa Berra med en suck. "Gott var det i alla fall, det här", sa han igen och sträckte sig efter en tandpetare.

"Så du är ledig en vecka till, eller?" undrade Jonas som hade vänt sig till Karl.

"Ja, jag är ledig en vecka till. Då tänkte jag att jag skulle vara hemma. Jag ska bara samla krafter också, innan jag åker hem", sa han. Jonas höjde blicken och tittade runt i lokalen efter att ha nickat litet mot Karl.

"Är ni klara?" undrade Robert och lutade sig bakåt i stolen och drog en hand litet försiktigt genom håret på sidan av huvudet.

"Ja. Vem kör hem?" sa Berra och skiftade med blicken runt bordet.

"Det kanske jag kan göra", sa Jonas.

"Vi sitter en stund till och tar en lätt promenad på stan först, vad säger ni?" undrade Roffe.

"Så får det väl bli. Man kan inte heller klaga över mättnadsgraden", sa Karl och klappade sig om magen.

"Nej. Jag är nöjd. Helt nöjd", sa Berra. "Gosse, vad nöjd jag är!"

En stund senare hade de lättat från bordet, tagit sina jackor och dragit sig genom dörren ut från restaurangen. Det hade börjat bli dunkelt i gränderna, men himlen var fortfarande klar och ljus. Jonas gick först och vände sig då och då om mot de andra. När han såg att de hängde med tog han ut stegen och spanande framåt och runt omkring. Han vred ringen rätt på fingret, drog på sig skinnhandskarna med tryckknapparna igen och drog upp mössan som han haft liggande i den ena fickan. När han drog ner den över huvudet vände han sig om.

"Ska vi åka hemåt? Vi kanske får strunta i Napoleon den här gången", sa han.

"Du kan ha rätt. Det är nog dags", sa Robert med en slö blick över torget. "Jag ser honom inte här i alla fall", la han till. Roffe gav upp ett hest garv.

"Men ni är envisa!" sa han.

"Ja", började Karl dröjande. "Så, vad tycker ni? Jag skulle kunna rösta för att vi sticker hemåt nu, jag också."

"Då gör vi det", sa Berra bestämt och vände på klacken. De andra följde efter honom.

Kapitel 40

Jonas hade satt sig vid ratten och kört runt i en halvcirkel för att kunna vända helt om åt det håll de kommit. Sedan gasade han upp och tittade på skyltarna som strax dök upp på hans högra sida. När han gjort sig en uppfattning om hur långt kvar det var till nästa tätort lutade han sig bakåt i sätet och vilade med armarna med händerna längst ner på ratten.

"Det är en ganska lugn trafik måste jag säga", sa han. "Men jag ser samtidigt fram emot att faktiskt köra min egen bil hemma", fortsatte han innan någon hann svara honom.

"Vad bra att du inte har något emot det", sa Robert som satt bredvid och tittade rakt fram. "Är det bara jag som tycker att solen är på väg ner med en väldig fart?" undrade han.

"Nej, då. Det kan nog stämma", sa Berra från baksätet med en suck. "Gosse, vad bra allt känns. Hoppas du tycker det också, konstapeln", sa han. Karl fnittrade till litet.

"Ja då. Allt är bra", sa han. "Jag har litet att fundera över bara", sa han igen.

"Usch, ja", sa Berra, men utan inlevelse.

"Jag blev mätt. Jag skulle bara ha tagit den ena halvan av det där brödet", sa Jonas plötsligt.

"Ja, så kan det vara när man är hungrig", sa Robert. "Det syns åt vilket håll det blåser", fortsatte han och pekade plötsligt åt ett håll mot en flagga som vajade i vinden.

"Får jag tänka efter?" började Berra. "Det måste väl ändå vara en nordöstlig vind?" sa han.

"Ja, det kan nog stämma", sa Karl. "Den kommer uppifrån bergen och sveper ner i den här dalen, och vidare ut mot kusten."

"Jag kan tänka mig det omvända också", sa Roffe från baksätet.

"Från kusten och in över land och sedan uppåt bergen?" undrade Berra.

"Ja, just det", sa Roffe fundersamt.

"Ja, du kan ju ha rätt i det", sa Berra och nös lätt. "Ursäkta", sa han.

"Det var så litet", sa Robert från framsätet.

"Prosit är ett ord som okända kan säga till varandra. Det var en dam i en hiss en gång, hon sa prosit", sa Roffe.

"Det var som tusan. Det är bra vågat att lägga ut texten så där inför en okänd", sa Berra och garvade lätt.

"Ja du, gosse", sa Roffe och skrattade hjärtligt åt Berras skämt.

"Jag kan sätta en peng på att det kommer snö vilken dag som helst", sa Robert.

"Det får gärna komma under en av de senare dagarna, och gärna när vi har lämnat ön", sa Berra.

"Hur blir det med båten?" undrade Roffe och vände sig halvt om halvt mot Karl.

"Ja, jag vet faktiskt inte. Vad tycker ni själva? Har ni varit i kontakt med Viktor?" sa Karl.

"Jag har varit i kontakt med honom. Han är chockad", sa Berra som satt vid sin fönsterplats längst bort från Karl.

"Jag är inte helt säker på att den franska polisen tillåter att den flyttas", fortsatte Karl. "Det är helt enkelt för kallt också att ta den upp till Sverige den här årstiden."

"Det måste ju ligga någonting besynnerligt bakom att han valde det resesättet", sa Berra.

"Prysse?" undrade Roffe.

"Ja. Prysse", svarade Berra.

"Han hade väl kanske tänkt att stanna", sa Roffe igen. "Det finns ju inga sängplatser över. Nu får vi i stället gå på hans begravning om en vecka." Både Berra och Karl tittade på Roffe medan de såg fundersamma ut. Jonas satt tyst och rattade bilen koncentrerat. Robert satt med slutna läppar bredvid.

"Har du somnat, Robert?" undrade Roffe. Han fick inget svar. Karl tittade mot Roffe igen och lät blicken gå över till Berra längst bort. Denne tittade ut genom fönstret på de dunkla, leriga och vidsträckta fälten med bergen bakom.

"Jag kan inte riktigt förstå", sa han sakta med ansiktet vänt ut mot fönstret. Roffe vände sig åt Berras håll.

"Vad?" sa han.

"Du, om någon, måste väl veta", sa Berra och stirrade på Roffe. "Skulle han bara ansluta till gänget?"

"Ja. Först sa han så, ja. Sedan bad Viktor mig att hålla litet koll på honom. Antagligen hade han kommit på andra tankar sedan han hade pratat med Prysse och fått reda på hur han tänkte", svarade Roffe.

"Hur verkade han då?"

"Precis som vanligt. Kanske mera hemlighetsfull. Inte glad, men det var han ju aldrig. Han var som Olle", sa Roffe och såg rakt fram. Berra gjorde en min med läpparna hopknipna.

"Nu skulle jag behöva hoppa av här en stund. Ledsen att behöva säga det, men kan du stanna intill kanten litet, Jonas?" frågade Berra. Jonas vände som hastigast på huvudet.

"Jag kan stanna efter kröken", sa han.

"Tack. Det var bra", sa Berra. Vägen slingrade sig fram på den relativt breda bergsvägen som var uthuggen ur berget och krökte sig runt hela det väldiga massivet. Nedanför stupade det brant nedför på andra sidan staketet. Längst där nere låg vattnet som med sina vågor slog in mot foten av berget. Längre ut fanns de eroderade bergsresterna som låg ensamma och lät havet skölja omkring dem. Jonas saktade ner i kurvan och kunde stanna en bit bort. Han drog åt handbromsen och lättade på bältet. Robert rörde sig litet i framsätet. Jonas såg från sidan hur han blinkade till med ögonen och gäspade. Han tog ett andetag.

"Jag somnade till en aning. Varför har vi stannat?" undrade han och vände sig mot Jonas.

"Det är farbror Berra som måste ut i ett ärende", sa Jonas. Robert ryckte på axlarna i lätta skrattrörelser.

"Ja, då förstår jag", sa han. "Här är det sagolik vackert." Han släppte upp bältet ur sin hållare och öppnade dörren. Sedan hivade han sig ur bilen och kom på fötter och hamnade stilla stående alldeles intill dörren.

"Sagolikt", sa han igen och blinkade. Jonas reste sig ur sätet och gick ut i gruset som knarrade under hans fötter.

"Ja, det är verkligen fint", sa han och tittade ut över den hundra meter höga nivåskillnaden mellan den plats de stod på och djupet långt därnere. Karl dök upp vid hans sida.

"Det börjar mörkna, men vattnet har inte stillat sig än", sa han.

"Nej, det har inte det", sa Jonas. Karl tog några steg längre bort på vägen. Han gick ut på en utskjutande del och böjde sig fram en bit för att kunna se ner där vågorna slog in och splittrades i ett vitt skum mot berghällen. Han vände sig om för att se uppåt berget som höjde sig ovanför vägen och deras huvuden. Molnen hade tunnats ut och for förbi mot en mörk himmel. Han vände sig tillbaka igen. Plötsligt var det som om det hände någonting under hans fötter. Han halkade till utan att i förväg kunna reagera eller hindra rörelsen. Gruset låg inte stilla under hans fötter. Fötterna särades på ett sätt att det ena benet hamnade längre fram än det andra, och han tappade balansen. Det hela gick så fort att han inte hann stoppa det. Han gled ner över kanten och hade inte en chans att hejda rörelsen. Fortare än han förstod lämnade han den utskjutande del där han stått och där staketet saknades och rasade nedför kanten med snabb hastighet. Han landade på ena knät och kastades av sin egen kroppstyngd ner till nästa platå flera meter under och vidare fram till nästa kant. Under det korta händelseförloppet hade han skrikit till men inte uppfattat vare sig sitt eget skrik eller någon rörelse uppifrån vägen. Stupet nedanför närmade sig sekundsnabbt. Han vaknade till liv av sin egen chock. Han fick fram ena handen och snodde tag i en kvist som sköt upp från marken. Den rev upp handens insida. Det sved till och han kände hur farten som han haft i fallet inte kunde hejdas tillräckligt effektivt av den klena kvisten som han desperat greppade efter. Han hamnade med överkroppen hängande över stupet som brant sträckte sig ner och vars bergvägg kröktes så att den inte syntes från där han låg. Hans syn av vågorna som slog in långt därnere var en fruktansvärd syn. Förskräckt och stirrande hörde han någonting bakom sig. Han kände igen ljudet av grus som snodde runt och gled fram under fötterna på någon. Han hade nästan gett upp att andas. Handen sved så att det kändes som om den blödde kraftigt. Det svindlade och gick runt i huvudet på honom. Han höll i sig för allt vad han var värd. Det kändes när en hand lades på hans axel. En annan hand tog tag i armen på honom och flyttades sedan till hans ben. Plötsligt upplevdes sekunderna längre än de någonsin gjort förut. Han hade fortfarande knappt kunnat uppfatta händelsen i sig. Nu förstod han inte vad som hände med händerna som tagit i honom där han halvt hängde ut över stupet. Någon knuffade på honom. Knuffade honom i en riktning. Han tyckte att han var på väg att tappa greppet. Tappa uppfattningen om vad som var upp och ner. Det snurrade runt.

Han halvlåg fortfarande på avsatsen före stupet. Greppet om hans arm var bestämt. Kanske hade han varit avsvimmad under ett par sekunder. Blodet i handen trängde fram i de små nybildade såren. Skinnet hade skavts upp och ömmade när han vek ut handen och huden spändes. Han höll i kvisten med den andra. Han försökte vända sig så försiktigt han kunde. Han såg att det var Robert som satt på huk bredvid honom och nu stadigt hade greppat tag om hans jacka uppe vid nacken. Han höll så hårt i jackan att Karl såg hur knogarna på honom vitnade. Han sa ingenting. Han stirrade bara på Karl. Sedan drog han honom långsamt och lät honom glida bakåt i gruset närmare bergväggen. Han satt fortfarande på huk när han tittade uppåt på de andra som stod däruppe. Jonas var vit i ansiktet. Berra tittade koncentrerad på de båda på den undre avsatsen.

"Hur fasen gick det här till?" viskade någon ovanför. Karl kunde höra det men inte svara. Han stirrade rakt upp i ansiktet på Robert som hukade på ett kortare avstånd. Robert var alldeles tyst. Ingen av de andra sa längre någonting heller. Robert andades bara ytligt med uppspärrade ögon sittande bredvid.

"Du var på väg att tappa greppet", flämtade han. "Jag fick tag i dig." Karl försökte nicka. Robert ställde sig på knä utan att se sig runt omkring. Karl kunde se hur han undvek att se över kanten ut mot den tomma luften. Karl försökte långsamt sätta sig upp i gruset. Det blåste runt huvudet. Han försökte när han kom upp i sittande att ta igen det som han inte hade andats under stunden tidigare. Det hördes fortfarande av havet som brusade långt därnere och vidare längre ut. Det skrämmande ljudet kunde han inte stänga ute.

"Jag tror jag kan resa mig", sa han när han dragit några djupa andetag. Robert höll fortfarande ett stadigt grepp om hans jacka och hade krampaktigt blivit sittande med benen vikta under sig. Sedan reste sig Karl och höll sig i närheten av bergskanten.

"Jag ska se om det finns ett rep i bilen", ropade Jonas uppifrån ovan kanten och försvann i all hast. Efter en stund kom han tillbaka och tittade förskräckt ner igen. Han slängde försiktigt ut någonting vars tamp landade alldeles intill dem.

"Vi har bundit det runt ett träd. Slå knut på det och klättra upp", ropade han igen. Robert tittade upp mot honom och drog en hand hastigt genom håret. Karl kunde se att han skakade på handen. Sedan tittade Robert ner mot Karl.

"Du först", sa han hest.

"Nej, du får klättra först", sa Karl och skakade på huvudet. Robert tittade på honom på nytt. Sedan slog han en knut på repet och drog ändarna isär. Knuten drogs ihop något.

"Jag börjar", sa han och vände huvudet uppåt. Jonas nickade svagt. Robert tog tag om repet och höjde ena foten till knuten och lät den tryckas mot bergväggen. Sedan tog han i och hivade sig upp en bit. Han kunde inte riktigt sträcka ut benen. Han hade dem fortfarande böjda i knäna. Karl höll armarna utsträckta alldeles ovanför det fasta berget som de satt på utifall att det värsta skulle hända. Jonas sträckte ut handen. De fick tag om varandra i ett grepp. Robert stod med foten på knuten och höll sig fast i repet med alla krafter. Men han kom ingen vart. Det förflöt ett kort ögonblick. Sedan gjordes en kraftansträngning. Någon ovanför kanten tog tag i honom. Den sista biten gled han över kanten. Karl hörde honom skrika och såg när hans ben försvann ovanför hans huvud. Gruset krasade och rasade ner ovanför Karl. Han kände det som att han fick litet grus i ögonen. Det föll också ner en del av det som rasade vidare och försvann ner i stupet nedanför. Det gick några sekunder till. Karl vände sig om och tittade ut över det blåsvarta havet. Hjärtat gick i otakt. Vågorna hördes fortfarande. Det tycktes brusa runt hela hans huvud. Han var osäker på hur nära han var att svimma. En stund satt han så utan att höra någonting annat än bruset. Det blåste men han började andas litet lugnare. Plötsligt dök Roberts huvud upp ovanför kanten.

"Vi har gjort en ögla åt dig. Du får trä den kring kroppen. Den kommer nu", sa han. Karl tog emot öglan som dansade ner i luften mot honom. Han krånglade den ner över kroppen och tittade upp.

"Klättra upp nu", ropade Robert hest. Karl kunde se att han hade ont och var snorig. Han tog ett rejält tag om repet på bergväggen och placerade foten som Robert gjort. Han kom upp en bit och försökte följa efter med händerna som fick byta grepp högre upp. Han kunde sträcka ut benen och höja upp hela kroppen i sin fulla längd men inte utan att det hade sitt pris. Det högg till någonstans i benen. Han stönade till av smärta. Sedan såg han en hand som sträcktes ut åt honom. Han tvekade en sekund om han skulle släppa greppet om repet med den vänstra handen. Sedan sträckte han sig mot handen och fick tag i den. Greppet kändes fast. Jonas hade lagt sig på marken och kämpade för att dra upp Karl. Roffe tog tag i Karls jacka så fort den syntes över kanten. Dragkedjan spändes över hans hals. Det lät som om den någonstans sprack i tyget. Han släppte fotgreppet om repet och lät sig dras in över kanten. Han skrek. Robert höll ett fast grepp om Jonas ben. Plötsligt och utan att knappt förstå hur, var han utom fara. Han låg i gruset på marken och kunde knappt andas. Man drog honom längre in bort från kanten. Han höll fortfarande repet i ett hårt tag med handen. Han låg kvar en stund och andades ryckigt. Han kom efter en stund upp på knä och halvkröp den sista biten tills han kände sig så säker att han kunde ställa sig upp på knä. Han försökte vila litet. Jonas var alldeles intill och höll i hans jacka. Sedan dröjde det en stund innan han kom på fötter. Robert satt i gruset och hade släppt sitt krampaktiga tag om Jonas jacka. Jonas låg fortfarande på marken och var tagen. Han släppte sitt grepp om Karl jacka. Han såg ner mot sina händer. De var röda. Han var sönderriven om armarna. Jonas rullade runt och satte sig och drog en hand under näsan.

"Det var det värsta jag har varit med om", sa han. Han torkade ögonen. Robert såg allvarligt på honom.

"Ja", sa han och tittade med outgrundlig min ut över havet.

"Fruktansvärt", sa Roffe, stegade försiktigt fram till Karl och hjälpte honom med lätt hand att borsta av kläderna. "Aldrig mer", sa han. Ett förskräckt uttryck hade spritt sig i Berras ansikte som stod bakom de andra. Han hade ena handen liggande mot kinden.

Kapitel 41

Solnedgången hade varit av det långsamma slaget. Himlen var varken rosa eller gul där den stora planeten sjunkit ner och bara lämnat efter sig sitt ljus. Snarare var det disigt. Himlen såg dessutom väldigt kall ut. Som om det var höst. Och kanske var det höst. En höst mitt i en övergång på väg mot någonting. Ett annat tillstånd. Det kunde inte vara någonting annat. Mörkret skulle slå till plötsligt. Det brukade det göra. Hon satt tyst i sätet bredvid honom. I ansiktet syntes en bestämdhet som han upptäckt fanns där. Den distinkta uppnäsan pekade på ett trotsigt sätt ut riktningen för resten av hela personligheten. Själv kände han sig gåtfullt avslappnad och hemtam men ändå undrande som inför ett stort mysterium vars trådar bildade det nät som han skulle navigera i. Att det fanns risk för feltramp och misslyckanden fanns inte på kartan. Inte nu. Och inte i hans värld. Han hade ju i princip handplockat de medarbetare han ville ha. Med de personligheter vilkas egenskaper han trodde på. Men ändå var han osäker. Det var länge sedan. Det var många varv av jorden runt solen som behövdes för att komma tillbaka till den punkt då de först lärt känna varandra. De två. Bara de två. Karl och han. Nu var det en annan situation. Saker och ting hade förändrats. Nya relationer hade uppstått. Det hade han ju förstått. Det var inte längre ens hans kåk. Det var hans väg så som han kände den. Minnet var hans. Det kunde inte helt lämnas över till någon annan att glömmas bort av honom. Men han var inte så säker på att han ville lämna plats för nya minnen. Inte av det här slaget. Det var alldeles för rörigt och kändes för osunt för det. Han skulle stänga ute det mesta om det skulle behövas. Ingenting fick förstöra något. Sist hade det inte känts bra. Det var därför han hade bestämt sig för att lämna det vidare. Minnena hade varit de oönskade. Nu skulle han tillbaka, och på någon annans villkor den här gången. Det var inte heller det han önskade sig. Egentligen visste han inte var han hade honom. Så hade han känt länge. Han hade resignerat och gått med på det mesta. Han hade varit godtrogen och alldeles för slapphänt och eftergiven. Nu kanske det skulle vara slut med det. Han visste kort sagt inte vad som skulle möta honom den här gången.

Han såg skylten och förberedde sig på att svänga av i god tid. Sedan blev han stående en stund i väntan på en mötande bil som skulle passera. Under tiden tog han några extra andetag som han hoppades inte skulle höras. Bilen skakade till när den svängde in på den ensliga grusvägen. Det verkade alldeles tyst. Som om det var övergivet. Som om ett mörker sänkt sig över hela stället. När motorn stängts av blev de sittande i tystnad. Vad de väntade på var det nog ingen av dem som visste. Det vajade litet grann i de tunna grenarna i träden. Det betydde att vinden låg på. Den kom från sjön. Långt där nere skulle båten ligga. Han tyckte till och med att han kunde se den trots mörkret. Svagt avtecknade sig det vita i båtens utsida mot vattnet och kastade reflexen mot dem. Det stod en bil till parkerad på grässlänten. Ändå verkade det inte vara någon hemma. Det var den känsla han fick. Han tittade mot henne för ett kort ögonblick för att bara göra sig en bild av vad hon tänkte. Hon såg tvekande ut.

"Det här hade jag inte förväntat mig", sa hon utan att han visste vad hon menade.

"Inte jag heller", sa han och öppnade dörren och lät den sakta gå upp så att han kände den kyliga höstluften slå in. Hon gick ur bilen och slog igen dörren. Sedan stegade hon fram över gräsmattan med de stora tuvorna. Hon knackade beslutsamt på dörren och väntade.

"Och du har ingen nyckel?" sa hon, menat som en fråga. Han skakade på huvudet och svarade nekande.

"Nej", sa han. "Jag har inte längre någon nyckel."

"Jag ska ta mig ner till stranden", sa hon och lämnade honom för bilen. Där rotade hon runt en stund och kom så småningom tillbaka med en ficklampa. "Till stranden", sa hon utan att le. Han såg en stund efter henne och började sedan röra sig i hennes riktning. Det blåste i träden. Ett tunt lager av löv hade samlats runt omkring deras svarta siluetter. Bakom stod skogen i kompakt mörker. Han upplevde att avståndet till henne ökade. Han snubblade över grästuvorna som han inte såg nere vid fötterna. Det blev plötsligt tyngre att gå. Han hade satt ner fötterna på den väldiga sandstranden. Det var inte heller som han mindes det. Det var mörkt och blåste en hård vind från havet. Båten vajade bland vågorna och det skrapade och gnisslade. Han såg hur masten fördes från åt ena hållet till det andra. Kanske skulle det inte hålla mycket länge till. Kanske skulle den gå under, bara sjunka eller splittras. Han tyckte han kunde se hur gummibåten som låg förtöjd blåste så att den lättade i ena sidan från marken intill strandkanten. Den lyftes bryskt åt ett håll av vinden. Hon var långt före honom. Nu kunde han se att hon hade stannat. Hon hade vänt sig om. Men han kunde inte se om hon sa någonting. Inte höra henne. Sanden sprätte omkring hans fötter. Det gjorde ont i fotlederna. Han försökte ropa. Han hörde henne inte svara. Den blåsvarta himlen dånade i blåsten. Han kom närmare och kunde se hennes ansikte. Hennes hår var i en enda oreda och blåste runt. Hon hade fått ett annat uttryck i ögonen.

"Det är höjden av inkompetens", skrek hon mot honom.

"Vilket då?" fick han ur sig där han stannat till på avstånd.

"Ingen avspärrning!" skrek hon. "Det var här det skulle ha hänt." Han tittade ut över den mörka stranden, förbi gummibåten och vidare ut över vågorna som slog vilt i vattnet.

"Har du inte tänkt på att de kanske är klara?" ropade han genom vinden.

"Nej!" Hon ruskade på huvudet. "Det är de inte. De är inte klara. Jag ska ha tag i vapnet, och det genast. Redan nu i kväll!"

"Det tar vi i morgon. Här kan vi inte åstadkomma någonting i kväll", ropade han.

"Och dålig planering! Var håller de hus? Vi vet ingenting!" skrek hon.

Han spanade runt.

"Du får ge dig till tåls", sa han med lägre röst.

"Inte undra på att det aldrig blir några riktiga resultat!" fortsatte hon med samma röst. Hon snurrade runt och tittade en stund mot gummibåten och mot segelbåten som föstes på en våg i vinden. Sedan vände hon sig om mot honom.

"Hade jag fått bestämma hade det inte fått gå till på det här sättet", sa hon och kom emot honom. Hon blev tyst och närmade sig honom. När hon stod några steg ifrån skakade hon bara på huvudet och men vägrade titta på honom.

Kapitel 42

Robert steg långsamt ur bilen, vände sig om och räckte fram handen till Karl som tog emot den och satte ner fötterna på marken och lättade från sätet. Deras blickar möttes. Karl stapplade sakta fram och drog upp nycklarna till dörren på baksidan. Sedan svängde han upp den medan han stod kvar med blicken mot den okända bilen och bara väntade. Ingen av dem sa någonting. Jonas slog igen dörren till passagerarsätet fram, och närmade sig ingången. Berra överräckte bilnycklarna till Karl när han drog sig förbi honom och tog de första stegen uppför trappan. Karl stoppade båda nyckelknipporna i byxfickan och gick efter Berra. När han kom upp rasade han tungt ner i soffan och blundade. Robert hasade sig uppför trappen och blev stående på parkettgolvet och drog ner dragkedjan i jackan som han långsamt lät glida av sig och släppte i soffan.

"Jag är fullständigt utpumpad", mumlade han och drog sig in i köket och fick upp en av skåpluckorna. Hela kroppen värkte på Karl där han satt utan att orka svara. Berra stängde dörren längst nere när alla hunnit förbi honom. Jonas dök in på toaletten och lät kranvattnet spola och rinna över händerna. När han kom ut hade han vatten ända upp ovanför hårfästet. Vattendropparna blänkte på hans kinder. Hans händer var röda. Ena handleden hade svullnat upp. Robert kom ut från köket med en flaska i ena handen som han satte ner hårt i bordet. I den andra hade han en gasbinda. Han gick långsamt fram till Jonas och synade hans handled.

"Dra undan tröjan litet", sa han. Jonas gjorde som han sa. "Hm", sa han sedan. "Det kanske inte är någon större fara, men jag kan ha fel." Han lindade sakta Jonas handled med gasbindan som han lät rulla runt armen på honom.

"Gosse", sa Berra och sjönk ner en bit ifrån Karl i soffan. Berra tittade ner i bordet och drog in andan och andades ut i en djup suck. Det knackade på dörren nedanför trappan. Ingen sa någonting. Ingen rörde sig. Det knackade en gång till. Berra kastade ett slött öga på Karl men sa ingenting.

"Hallå", hördes det nerifrån när dörren gick upp. "Hallå", hördes det igen. Dörren stängdes.

"Hallå", stönade Karl fram. Stegen i trappen var långsamma. Karl som hade blundat i omgångar försökte nu hålla ögonen öppna, och tittade mot det översta trappsteget. Jonas damp ner i soffan bredvid Berra. Robert hade lindat hela handleden och hela handen. Det såg ut som om han hade en tunn boxningshandske på sig. Ingen gav ett ljud ifrån sig. Bricks huvud dök upp i golvhöjd. Han tittade runt omkring sig.

"Jag tyckte väl att jag hörde någonting", sa han och steg upp på golvet med gympaskor på fötterna. Karl nickade svagt mot honom. Brick tittade oförstående tillbaka. Bakom honom kom Sofia. Hon trängde sig försiktigt fram bakom Brick där han hade stannat, och tittade med en bister min som gled över från Karl till Robert, Berra och de andra. Hon stirrade på Jonas lindade hand och på flaskan på bordet och avslutade det hela med att titta mot Brick.

"Vad ska det här föreställa?" sa hon. Brick var tyst.

"Vad är det som har hänt?" frågade Brick sedan. Karl harklade sig lätt.

"Jag trillade ut för ett stup. Jag kunde ha gått åt. Men det gick bra", sa Karl.

"Du ser alldeles förstörd ut", svarade Brick tillbaka. "Vad var det för ett stup?"

"Ett högt stup", sa Karl och drog in andan. Sedan nickade han svagt mot Jonas som hällt upp ett litet glas åt honom av det som fanns i flaskan som Robert ställt fram. Jonas tittade som hastigast upp mot Brick och kunde inte hejda ett snabbt leende som dök upp på hans läppar. Brick hade uppfattat det men tittade surt tillbaka. Jonas satte ner flaskan i bordet. Berra reste sig ur soffan och travade runt i rummet. Långsamt gick han fram och tillbaka och strök och kliade sig med ett finger utanpå skjortan någonstans i midjan och med blicken rakt fram.

"Vad är det här för ett gäng?" sa Sofia och tittade föraktfullt mot Robert som orörlig stod och hängde bakom soffan utan att säga någonting. Brick mötte Sofias blick för ett kort ögonblick.

"Det är vänner till Pryssemank som blev mördad nere på stranden", sa han. "Karls vänner också", la han till.

"Det vet jag väl", sa hon snäsigt. Hon tittade på Berra nerifrån och upp. Sedan gled blicken över till Roffe med den blonda luggen i pannan och det feta, orediga och otvättade håret i nacken. Roffe kliade sig i huvudet ovanför örat.

"Jag tror vi är chockade allihop. Vi trodde Karl skulle krossas mot klipporna", sa Roffe sedan och mottog ännu en lång blick från både Brick och Sofia. Brick tittade hastigt runt i rummet.

"Finns det något vatten i kylen?" frågade han efter ett par andetag.

"Ja. Kolla där", sa Karl med svag röst. Brick släppte honom med blicken och steg in i köket. Han öppnade kylskåpsdörren och stängde den efter sig. När han kom tillbaka hade han en vattenflaska och ett glas i den ena handen. I den andra hade han ett glas till sin medpassagerare och kollega.

"Det här är Sofia", sa han och vred upp korken så att det pyste om flaskan. "Hon vikarierar för Karl under hans semester", fortsatte han. Sofia tittade snabbt från den ena till den andra och sänkte sedan blicken i golvet med en bister min.

"Välkommen", sa Roffe. "Å allas våra vägnar", la han till och fick en blick av Berra. Hon tittade bara kort på honom men tackade inte. Brick överräckte vattenglaset till Sofia som synade det skeptiskt. Själv hällde han upp vatten åt sig som han klunkade i sig i ett enda svep. När glaset var tomt smackade han ljudligt och tog flera snabba andetag.

"Ja, så här ser det ut", sa han och vände sig till ingen särskild. " i kåken", sa han igen. Sofia flackade med blicken.

"Var sover ni allihop?" frågade hon.

"Köket, vardagsrummet och sovrummet", svarade Karl och tittade på henne. Hon stirrade tillbaka på honom.

"Jag har fått i uppdrag att dragga efter mordvapnet", sa Brick. "Den franska polisen har fullt sjå med den internationellt efterlyste terroristen." Robert tittade upp mot honom och gled sedan med blicken över till Karl.

"Jacques Dufort", sa Karl med huvudet vänt mot Robert. "Mannen på stranden." Robert spärrade upp blicken. Sedan fick han plötsligt ett skrattanfall så att han vek sig.

"Vad är det som är så roligt?" frågade Karl och tittade på honom. Robert skrattade ännu högre och höll sig om magen när han lutade sig framåt. Sedan grimaserade han av smärta. Sofia blängde surt på honom. Brick såg oförstående ut.

"Nej, jag säger ingenting. Litet får ni göra själva", sa Robert när den värsta attacken lämnat hans läppar. "Litet får ni göra själva", upprepade han och dök stelt och långsamt ner bredvid Karl i soffan och tog ett glas som stod på bordet och drog det närmare sig och öppnade korken på flaskan. Berra hade stannat upp på golvet.

"För helvete, Robert!" skrek han. "Det är ju en av Viktors vänner! Sluta upp med det här spelet!" sa han och hade fått en vild uppsyn. Karl vred på huvudet och tittade på Berra. Robert stirrade envist i bordsskivan med ett allvarligt uttryck i ansiktet.

"Nej, det är inte som ni tror", sa han. "Viktor är oskyldig." Brick stirrade på honom. Sofia fiskade obemärkt upp ett block ur handväskan och bläddrade sakta mellan sidorna. Hon läste det som stod i blocket och fick sedan fram en penna ur samma väska. Hon lät den löpa över den uppslagna sidan i blocket. Det raspade litet när hon skrev. Sedan släppte hon ner alltihop igen och tittade med förakt mot Robert som stirrade tillbaka för ett kort ögonblick.

"Vem sover i sovrummet?" frågade hon.

"Det gör jag", svarade Berra. Hon flyttade blicken.

"Inte nu längre", sa hon och stirrade ut honom.

Karl reste sig med möda ur soffan och fick vänta en stund innan han kunde räta upp ryggen. Sedan stapplade han fram till verandadörren och tryckte fingertopparna mot rutan. Brick följde honom med blicken.

"Vad tänker du på, Kalle?" frågade han. Karl svarade inte. Det blev en stor ogenomtränglig fläck av ångan från hans andedräkt som hade hamnat på rutan. Han skakade sakta på huvudet. Brick rev sig omedvetet i håret med fingernaglarna så att det blev i oordning på huvudet på honom. Hans fotsteg ekade i den rådande tystnaden mot parketten när han steg fram i Karls riktning.

"Någonting är det", sa han och tittade ut mot samma ställe där Karl litet slött hade fäst blicken.

"Det är säsongens sista fluga som har landat på insidan av rutan", sa Karl sakta.

"Var inte dum! Säg någonting vettigt", sa Brick. Karl snurrade sakta runt med en förvånad blick på honom.

"Nej, det var ingenting", sa Karl och bet sig fundersamt i skinnet på överläppen.

"Du sitter inne med en hel del viktiga saker. Vi måste få rätsida på allt det här. Vad är det som har hänt?" Brick tog några steg fram emot honom.

"Jörgen, det har hänt så fruktansvärt mycket", sa Karl sakta.

"Ja men, du är ju den enda som kan sammanfatta det hela med fokus på att vara sanningsenlig", sa Brick.

"Du anar inte vad mycket det är", fortsatte Karl.

"Ge mig en ledtråd. Börja från början." Karl gav upp ett lätt fniss under en sekund.

"Ingenting av det här går att sammanfatta", svarade han.

"Nu försöker du få ihop det!" sa Brick bestämt.

"Det är svårt. Mycket svårt."

"Ingenting är omöjligt", sa Brick och fortsatte stirra på honom i profil.

"Jo, det här är nästan övermänskligt", sa Karl. Det blev tyst en kort stund. Berra rev sig på skjortan vid magtrakten stående en bit bort. Det hördes ett svagt skrapande av hans nagel mot textilen.

"Jag fattar inte hur du kan ha kommit så här långt och nästan är beredd att stupa före mållinjen", fortsatte Brick.

"Det var bra att det var före", sa Karl sakta. "Annars hade jag inte stått här."

"Dumheter!"

"Det finns många dumheter", sa Karl och lättade med fingrarna från rutan.

"Börja med en av dem", sa Brick litet försiktigare.

"Betalningen", mumlade Karl knappt hörbart.

"Vad?" frågade Brick som inte hört trots att han stod alldeles intill.

"Betalningen!" sa Karl igen och bet sig igen i läppen med framtänderna.

"Vilken betalning?" sa Brick litet högre den här gången.

"De flottiga kryddburkarna!" sa Karl och stirrade envist förbi flugan ut genom rutan med fläcken av ny ånga som lagt sig där, och vidare mot den mörka grässlänten utanför.

"Du har blivit galen!" sa Brick. Karl vände sig hastigt om och såg på honom.

"Nej, inte galen. Det är ju självklart! Han trodde att det var jag!" Karl började se sig omkring i rummet på de övriga. Berra stirrade tillbaka på honom. Robert lyfte sakta glaset från bordet och drack en liten klunk. Karl fortsatte. "Han fick betalt i förväg, men han missade! Och det var tur det. Det var du, Roffe, som hindrade honom från att pricka rätt när han sköt! Det var du som tog vapnet! Du såg att det var Robert!" Roffe fingrade förstrött bland håret i nacken.

"Vilken betalning är det du pratar om?" sa Robert och tittade upp mot Karl som såg fundersam ut sedan en kort stund tillbaka.

"Jag ska visa", sa han. "Häromdagen, när vi eldade i den öppna brasan…", började han och tog långsamt ut stegen i riktning mot vardagsrummet. "Jag trodde att det handlade om något internationellt fall. Någon typ av betalning är det ju. Men nu förstår jag!" sa han och försvann ur de andras synhåll. Sofia följde honom med föraktfull min från den plats där hon stod medan Karl dök ner vid eldstaden och lutade sig in och svepte runt med handen på insidan av de murade tegelstenarna. Han fick tag i burken som rasslade till av innehållet som for runt i den. Jonas ryckte till i soffan där han satt och förde den lindade handen upp mot kinden.

"Det här!" sa han. "Det är diamanter", fortsatte han och skakade burken försiktigt. Han tog sig tillbaka med dröjande steg och gned handen med de nu flottiga fingrarna över jeanstyget. Robert hade vänt sig mot honom och spärrat upp ögonen av förvåning. Han gapade en aning. Berra sneglade åt Karls håll. Jonas stirrade med vidöppna ögon på Karl samtidigt som han drog med den lindade handen på nytt över ansiktet.

"Tyvärr så tror jag att jag förstår hur det gick till, Roffe!" sa Karl och försökte öppna asken med diamanterna. "Ni har alltså räddat livet på mig för andra gången. Du, Roffe, har bra ögon. Du såg att det var Robert som kom jagande på grässlänten ner till stranden. Prysse såg det inte. Han sköt mot den person som han trodde var jag. Men det var Robert."

Karl stod mitt på golvet och stirrade ner i asken som han nu hade fått upp locket på. Han stod stilla en stund medan det runt omkring honom var andäktigt tyst. Sedan vände han ansiktet mot de andra. "Jag kan inte göra det här", sa Karl. "Jag kan bara inte göra det här." Han överräckte asken till Brick som tittade ner i den och inte sa någonting på en lång stund.

"Göra vadå? Du har ju fått upp burken", sa Brick sedan han tagit en titt ner i den. Karl tog några andetag medan han tvekade om hur han skulle fortsätta.

"Du hade dragit ner dragkedjan i jackan när du kom tillbaka in efter att ha ställt in bilen i skjulet. Jag minns att jag undrade varför", sa Karl och vände sig mot Robert.

"Nu förstår jag inte", sa Sofia och satte upp ett skarpt ansiktsuttryck.

"Jo men, det var ju meningen att du skulle hindra Prysse från att göra någonting dumt den kvällen. Du visste om det, men någon annan hann före", sa Karl och sjönk ner i soffan igen. Berra vände sig om och gick in i vardagsrummet. När han kom tillbaka bar han på två plaststolar som han vecklade ut och satte ner på golvet. Sofia gav honom en svag nick men satte sig inte ner. Brick stod också kvar på golvet och började strax vandra runt i en cirkel. Sakta rörde han sig genom rummet tills han till slut igen stannade till framför fönstret till verandan. Han skakade litet förstrött på burken med det numera tillförslutna locket.

"Karl, du förstår inte vilken situation du har hamnat i nu när du har delgett oss dina misstankar. Är det någon gång du svävar i livsfara så är det plötsligt nu. Mer än någonsin förr. Inser du inte det? Du anklagar Roffe här för Pryssemanks död?" sa han och drog med en hand längsmed hela kinden ända ner till hakan.

"Det är idiotiskt", sa Sofia och stirrade på Karl.

"Du är alldeles slutkörd efter allt som har hänt", fortsatte Brick. "Och det är inte som du tror. Det är inte Roffe som av misstag har haft ihjäl Pryssemank. Vi får be Roffe här att ha överseende med ett och annat missförstånd", sa Brick och drog en hand genom det flygiga håret så att det reste sig i en ny oreda på huvudet. Karl flög upp ur soffan och tog några steg på golvet.

"Ja men ringen då?" sa han och stirrade på Brick. "Jörgen! Ringen!" Brick såg oförstående på honom.

"Vilken ring pratar du om nu?" sa han.

"De präglade mynten" De som låg fördelade över Logeströms kropp i kyrkan. Berra var ju där!"

"Mynten, ja. Vilken ring?" sa Brick igen.

"Jonas ring. Det är ju Berra som har fixat och beställt den till Jonas. Han måste ju känna en guldsmed", sa Karl. Sofia sökte diskret ögonkontakt med Brick och nickade lätt mot telefonen som hon långsamt dragit upp ur handväskan och höll i handen. Brick skakade på huvudet åt henne och möttes av hennes oförstående blick.

"Karl, du har hetsat upp dig", sa Brick.

"Jag har inte hetsat upp mig. Jag har bara äntligen förstått hur det ligger till", sa Karl och blev stående på golvet. Brick skakade på huvudet.

"Nej, det har du inte", sa Brick. "Medan du har haft semester så har vi jobbat hemma i Sverige. Eller hur, Sofia", sa Brick som fick ta emot Karls förvånade blick. Plötsligt reste sig Robert tvärt. Han började gå runt i rummet så gott han kunde med hänsyn till hans nyligen uppkomna smärta. Då och då tog han sig åt ryggen och grimaserade. Sedan fortsatte han gå runt. Brick tittade på honom. Sofia tittade på Brick och blinkade med ena ögat. Brick ruskade diskret på huvudet. Robert stannade upp.

"Det är ingen fara för ditt liv här bland oss, Karl", sa han. "När jag ringde upp Viktor och pratade med honom i ett annat ärende fick jag veta de allmänna planerna mot dig. Det var därför vi kom hit. Prysse hade bett honom om att få låna båten. Han var rädd att du skulle ta hans plats i gänget eller förstöra någonting för oss. Efter allt som har hänt så var det ett ganska rimligt antagande också", sa Robert och tittade på de övriga. "Jag var helt enkelt tvungen att stoppa honom. Jag ångade mycket riktigt ner till stranden. Stenen som jag bar på hittade jag under verandan. Jag träffade på honom där och vi tjafsade en stund innan jag…ja, ni förstår. Jag slog till. Jag hade knäppt upp jackan och hivat den av mig innan. Sedan stack jag upp, och ser en man som kommer springande emot mig. Jag gömmer mig under verandan och känner igen honom. Viktors gamla bekant Jacques. Han ser inte mig. Han tror att Prysse är du. Och han skyndar sig ner. Vid det här laget har Prysse återhämtat sig efter det milda slaget som jag utdelade, och laddat vapnet. Han vänder sig om och skjuter mot Jacques. Han missar. Jacques tar vapnet ur hans händer och slår det i hans huvud. Det tar illa. Jag såg alltihop. Han släpper vapnet. Roffe plockade upp det efteråt. Sedan fick jag en väldig fart. Jag gömde mig i skjulet en stund tills han hann förbi. Sedan smög jag ut och parkerade bilen på plats. Jag var litet chockad när jag kom upp. Jag tittade på tröjan för att se om den skulle ha fått någon fläck på sig. Det hade den inte. Det kan inte ha blött mycket. Knappast alls. Jackan hade jag dragit på mig. Men jag glömde dra upp blixtlåset." Robert gjorde en paus och kände de andras blickar på sig. "Kanske var det så att jag räddade en situation som inte skulle ha slutat lyckligt annars", sa han och försökte rättfärdiga sig. Karl tittade snabbt åt hans håll och blev sedan fundersam och med blicken i golvet.

"Så du visste redan att det var Prysse som låg där när vi hittade honom?" sa Karl. Robert nickade sakta.

"Du har precis erkänt misshandel", sa Sofia med stadig röst. "Och du, Karl borde åka in för medhjälp." Brick höjde handen i en avvärjande gest. Karl tittade upp.

"Skotthålet sitter i skjulet. Ganska högt upp", skyndade sig Karl att säga.

"Vi får nog lugna oss litet grann", sa Brick. "Vad tror du, Kalle, om den här versionen av historien?" Brick vände sig mot Karl och väntade på att han skulle ta till orda igen. Karl tog några steg i rummet medan han tänkte.

"Det är mycket möjligt. Och det är mycket sorgligt. Det känns som om det är mitt fel alltihop", sa han.

"Jag kan peka ut var i vattnet jag slängde stenen", sa Robert. Berra såg på honom och suckade.

"Du skulle aldrig ha sagt någonting. Du åker in igen", sa han och såg på honom med spänd blick. Robert skakade på huvudet.

"Inte för det där lilla. Det var som en snyting fast på ett annat ställe", sa han. Karl vände sig mot Roffe och satte ner tummarna i fickorna på byxorna.

"Var det så?" sa han. "Plockade du upp vapnet?" Roffe tittade på honom, drog undan de blonda hårtestarna ur ögonen och flackade med blicken mot Robert som stod tyst innan han svarade.

"Ja", sa han med låg stämma. Brick knäppte med fingrarna i en gest mot Roffe som såg tveksam ut och blängde mot honom.

"Vapnet!" sa han.

"Ja, ja", sa Roffe och lät luggen hänga ner för ögonen.

"Då återstår att få tag i Jacques. Du, Robert borde ju vara intresserad av att hjälpa till med det", sa Brick som inte riktigt hade lyckats få fram den förväntade reaktionen hos Roffe. Han förde handflatan på handen som han nyss knäppt i fingrarna med högt upp på bröstet där han förstrött förde den runt över skjortan.

"Briggen, du är en gammal fårskalle", svarade Robert och tittade på honom.

"Jag skulle göra mycket för att få hjälpa Karl med en utredning, till och med det, men inte för att själv komma undan. Inte därför", svarade Robert. Jonas tittade på den lindade handen och sedan på sin far.

"Jag är ledsen att jag ljög för dig, Jonas", sa Robert och vände sig mot honom.

"Jag kanske kan hjälpa till", sa Jonas. Berra spände blicken i honom.

"Nu håller du tyst", sa han bestämt.

"Jag föreslår att vi ringer polisen så att de får ta hit en dykare på en gång", sa Sofia som förhållit sig kritisk och sett spänd ut hela tiden. Nu gav hon plötsligt uttryck för att vara en aning trött och vilja sätta sig ner. Hon satte plaststolen till rätta och landade på den och tittade mot Brick.

"Nej, det är trots allt bara en sten. Vi tar det i morgon. Men jag måste ringa hem på en gång. Vi får ta in den där Viktor", sa han och tittade snabbt mot Roffe och sedan mot Karl.

Kapitel 43

Han tittade mot det solglittriga vattnet långt därnere. Himlen hade den ljusa blå färgen som han knappt hade sett sedan sommaren hemma. Segelbåten låg alldeles stilla och blänkte i diset med fören i hans blickfång. Han tittade på klockan. Den var inte en minut efter tio. Snarare prick. Robert och Berra kom gående med Jonas i släptåg nere på stranden. På något sätt var det så som han hade misstänkt. Han hade heller inte blivit galen. Åtminstone inte av den typ av galenskap som inte var i övergående. Utan en högst temporär sådan. Så långt kunde han sträcka sig. Han hade bara lagt ihop ett och ett. Ett och annat hade lett till det självklara svaret. Även om det fanns flera tänkbara alternativ. De kunde inte alla vara rätt samtidigt. Bara ett av dem kunde gälla för sanning. Han hade tackat honom mer än en gång. Lika många gånger hade Robert med en avvärjande gest med handen slagit bort det hela och med en lätt axelryckning och ett leende bagatelliserat sin insats. Karls tacksamhet kände emellertid inga gränser. Kanske skulle han någon gång kunna återgälda det hela. Eller kanske hade han redan gjort det vid det här laget. På sätt och vis var det nog så. Han måste lägga Anita

Ljungs tragiska öde till handlingarna. Annars skulle han helt gå sönder. Ville någon annan ta upp de återstående frågorna i det fallet skulle han inte kunna hindra det. Själv hade han inte möjlighet. Brick fick avgöra det. Det var därför sådana som Brick fanns. Det var för att de från sin horisont där de stod litet vid sidan av skulle kunna ta de besluten.

De vinkade litet fånigt till varandra. Jonas sken upp när han såg Karl. Robert drog på munnen med solen i ryggen. Han hade halsduken löst slängd runt halsen. Han hade blivit litet rörligare i kroppen sedan händelsen vid stupet dagen innan. Han började kunna ta de långa stegen igen. Bara Berra plirade mot Karl litet klurigt men utan hårdhet.

"Gosse, vad du står och solar dig hela dagarna. Vad skulle Emilia säga om hon visste hur bra du har det i ert gemensamma semesterparadis?" Karl skrattade till och pekade på honom med ett finger.

"Akta dig du, Berra", sa han. "Förresten, Berra, jag tror jag vet varför ni läste upp den där dikten för mig i lokalen den där gången för två år sedan. Du visste inte vem det var som hade dödat Logeström. Var det inte så? Du hoppades att jag skulle hitta motståndargruppen" sa Karl och hängde över räcket och tittade ner.

"Gosse, vad rätt du har! Jag var inte i kyrkan just när det hände. Jag kom dit senare. Blev förbannad, och hängde upp guldet som jag hade låtit prägla genom en bekant", sa Berra och tittade upp mot honom.

"Hur fick du tag i det från början?"

"Jag hittade det i källaren. Kanske såg hon mig då." Karl nickade och såg fundersam ut.

"Maria", sa han.

"Maria, ja", sa Berra.

"Vad skulle du ha det till?" frågade Karl.

"Guldet? Det skulle illustrera hans illojalitet och svek mot gruppen", sa Berra. "Jag tänkte sprida ordet om det på något sätt", fortsatte han. Karl nickade bara sakta.

"Det finns nog ett straff för det också, att upptäcka ett mord som du struntar i att rapportera om", sa Karl. Robert vinkade litet med handen.

"Tänk inte på det där nu. Jag blir också litet avundsjuk på dig", ropade han upp mot honom. "Så där bra skulle man ha det när man är ledig."

"Jaså?" sa Karl. Robert hade stannat upp.

"Jag ska ge dig någonting att fundera på", sa han och kupade handen för ögonen.

"Vad kan det vara?" sa Karl.

"Resurgam. Och någonting annat. Secundum naturam", sa han så tydligt han kunde.

"Vad ska det betyda?" frågade Karl.

"Är det du eller jag som utreder gåtor?" frågade Robert tillbaka. Karl tittade på honom för en sekund.

"Det är jag", sa han.

"Just det", sa Robert.

"Vem kan förresten hindra dig från att ha det bra när du är ledig?" frågade Karl. Robert ryckte svagt på axlarna innan han svarade.

"Ja, vem?" sa han. "Och vem kommer att hindra dig? Inte Prysse i alla fall", sa han och la armen om Jonas axlar. Karl lät blicken ligga kvar på dem under hela tiden de syntes innan de några sekunder senare försvann runt hörnet. Kort därefter ropade han.

"Det är en fin dag i dag!"

"Det finns ingen finare soluppgång än denna", ropade Robert bakom hörnet utom Karls synhåll.

Deras bil från uthyrningsfirman stod fortfarande på baksidan. Snart skulle han höra den starta och dra i väg. Sedan skulle det åter bli tyst. De hade sagt sitt hej då. För den här gången. Kanske en gång för alla. De skulle bara ta en sista promenad på stranden. Han tittade ner på sina solbrända händer och underarmar som han lutade sig mot verandaräcket med. Bortöver rasslade det litet i löven på träden när vinden tog tag i dem. Vinden drog fram upp över sanden och runt husknuten. En del av den fläktade skönt i hans ansikte där han stod och blundade. Han plockade upp mobiltelefonen. Han måste skynda sig innan han glömde bort orden. Han tittade ner på texten som tonade fram. Han nickade för sig själv. Kanske skulle han också resa sig igen en vacker dag. Kanske skulle han kunna göra det. I enlighet med hans natur.

När han hörde bilen på baksidan tuta skyndade han sig till köket och hann precis med att se när Jonas sträckte ut sin friska hand, den som han inte hade ont i, genom den neddragna framrutan. Han vinkade åt honom. Karl vinkade tillbaka. Sedan for de uppför den korta backen mot stora vägen. Där skulle de svänga åt höger. Sedan var bilen borta. Han vände sig om och gick ut ur köket och ställde sig så att han kunde blicka ut över soffgruppen. Han hörde hur det surrade någonstans i fönstret. Sedan såg han hur den sakta kröp över rutan. I köket öppnade han kylskåpsdörren. Det var förhållandevis tomt inuti. Han förde handen till avstängningsknappen och tryckte till. Det hördes när den stängdes av. Lampan slocknade inuti. När han lämnade köket tittade han mot väggen där den lilla spegeln satt. Han gned med handen över hakan. Han mötte sin egen blick. Den var blå. Kanske var den litet väl blå. Han gick över parketten till vardagsrummet. Solen bröt in med strålarna så att de hamnade på eldstaden. Han satt sig ner och lyfte upp eldspaden. Han vägde den litet i handen. Den var förhållandevis tung. Han skrapade med den bland resterna av askan. Efter en stund reste han sig. Utanför fanns den lilla stranden med den grunda viken och de stilla, lätta vågorna. Där hade hans liv räddats för första gången. Då hade han knappt ens förstått att det var så. Sedan trodde han inte att det skulle några fler gånger. Själv hade han med flit siktat fel. Han hade sett det som ett spel och en prövning. Senare hade han förstått vad det var. En invigningsritual utan att egentligen vilja bli invigd. Han öppnade dörren till verandan och gick ut igen. Han kunde inte se den längre. Båten. Brick hade ordnat så att den hade blivit hämtad. Antagligen hade man lättat ankar och seglat runt udden in till närmaste hamn där den skulle tas upp på land över vintern. Det såg ut att kunna bli en lång förvaring. Det glittrade i vågorna. Lanternan var alldeles stilla. Den hängde från sitt fäste under taket. Den rörde sig inte. Det fanns ingen vind längre som kunde få den att sakta vaja. Det knarrade försiktigt i parketten av hans steg. Den packade väskan stod en bit bort. Väskan med de gnisslande plasthjulen. Han lyfte upp jackan från soffan och trädde i armarna. En tygremsa hade slitits loss och hängde lös uppe vid halsen. Ena fickan var trasig. Han hade fått en stor smutsfläck på ryggen. Byxorna fick duga under resan hem. Han sträckte sig efter nycklarna som låg överst på byrån. Han kände med handen över den glatta ytan längs ena väggsidan när han tog trappstegen ner. Utanför dörren till badrummet stannade han upp. Han svängde upp dörren, släppte väskan på hjul och gick in. Han ställde sig i mitten av rummet och svängde sakta runt. En soluppgång hade tonat fram på ena väggen. Den var vackert målad i gult och orange. Under soluppgången fanns en diamant med flera fasetter i vitt. Det blänkte till litet som av ett solljus som belyste den ena av dess sidor. En klippavsats var målad bredvid. Nedanför fanns stupet, och långt därnere, vattenlinjen. Under fanns en textrad. Det var två ord. Secundum naturam. Karl läste orden ett par gånger. Sedan tittade han på signaturen uppe i det högra hörnet. Och på datumet. När han hade stängt och låst dörren efter sig vandrade han sakta över grästuvorna. Han satte sig i bilen och tog en klunk med vatten. Sedan drog han i gång motorn. När han kom ut på stora vägen tittade han upp mot trädkronorna. Solljuset lyste genom dem. Bakom fanns den blå himlen med de tunna molnen som sakta fördes fram. I kanterna längs vägen låg löven i drivor. De rördes upp en bit över marken där han just hade passerat och flög omkring bakom. Han såg det när han kastade en hastig blick i backspegeln. Besynnerliga tankar dök upp inom honom utan att han kunde hejda dem. Samtidigt var han tom på dem. Fotfästet hade han ellertid återfunnit. Men kanske var det så som Berra sagt om Robert en gång. Att han var litet smågalen. Kanske gällde det även honom själv. Det var en fin dag. Åtminstone så som han såg det. Antagligen en av de allra bästa. Men det var höst. Den var definitivt här. En höst som nu snart skulle övergå i en lång vinter.